溺愛社長と添い寝じゃ終われない

今城けい

幻冬舎ルチル文庫

CONTENTS ✦目次✦

溺愛社長と添い寝じゃ終われない

✦イラスト・六芦かえで

✦カバーデザイン＝久保宏夏（omochi design）

✦ブックデザイン＝まるか工房

溺愛社長と添い寝じゃ終われない

大きな屋敷の庭の隅に透里《とうり》はうずくまっていた。歳《とし》はたぶん四つか、五つのころだろう。いまの自分には遠くなった記憶だけれど、庭に迷いこんできた子猫を捨てられてしまったことがとても哀しかったのだ。

頼りにすべき母親は入院中で、そうでなくても普段から体調を崩しがちな彼女には面倒事を言い出せない気配があった。

佐久良《さくら》家の当主である自分の父は明治時代からつづいている企業のオーナー社長だから、多忙を理由に留守がちで、ことに妻が入院中は絶対と言っていいほどこの家には帰ってこない。しかし、その日はなにか用事があったのか、たまたま屋敷に戻ってきていた。

「おとうさん」

透里はおずおずと父の書斎に行ってみた。

「勝手に入るな」

デスクで書きものをしていた父は、厳しい声を投げてきて、透里はびくっとすくんだけれど、いまはなによりも訴えたいことがあった。

「おうみさんがねこをすてちゃったの」

——まあ汚らしい猫。旦那《だんな》さまに見つかったらあたしが叱られてしまうじゃないの。

そう言うなり透里の手から子猫を奪って、家の外に逃がしてしまった。

まだ目も開いたか開かないかのちいさな猫で、こんな寒い日にどうして夜を過ごすのだろう。それを思うと、胸が痛くてたまらなくて、透里はめったに会うことのない父に頼んでみたのだが。

「いいから出ていきなさい。入るなと言ったのがわからないのか」

いつもなら身を縮ませて逃げていくところだけれど、今日の透里はかろうじて踏みとどまった。

「ねこがないてて。それで」

「黙りなさい」

きついまなざしと口調を投げられ、今度こそ透里は震えあがってしまった。

「わたしの妻が病気で苦しんでいるときに、おまえはそんな猫ごときが大事なのか」

「ごめ、ごめんなさい」

「さすが、わたしの妻の健康を代償に生まれてきただけはある。こうなるとわかっていたから、わたしは子供など産んでほしくなかったのに」

いまから思えば、父は悪化の一途をたどる母親の病状に気が気ではなかったのだ。それで、抑えが利かないままに自分の息子にきつく当たった。

それは理解できたけれど、当時の自分に浴びせられた父の台詞《せりふ》は胸に深く刻まれた。

幼いころで、言葉の意味をはっきりと呑《の》みこめたわけではない。ただ、その場の雰囲気や、父の声や、視線などが透里にそれを知らしめた。

おまえはいらない子供なのだと。

おまえが母親を、ひいては父親を苦しめるのだと。

なにもかもおまえのせいで。

それから透里はどうやって父の書斎を出てきたのかおぼえていない。

子猫も透里の家に戻ることはなかった。

年月が経《た》ち、時の流れがそのときの哀しみを薄れさせていったけれど、闇の底にたったひとりで落ちていくような感覚は透里の胸の奥深くに消えず残ったままでいる。

たぶんそのあたりから透里は笑わない子供になった。怒ることも泣くこともほとんどなくなり、その結果、人形みたいとしばしば言われるようになった。

きっと透里が母親譲りの長い睫毛《まつげ》や、色素の薄い二重《ふたえ》の眸《ひとみ》や、細い顎や、ほっそりした手足をしていることも関係していたのだろう。

そんな見た目に興味を持って、近づいてくる人間は少なからずいたけれど、透里の反応のあまりの薄さにほどなく彼らは去っていった。

それでいい。むしろそれが当然だ。

自分は両親からでさえ不要な人間なのだから。

アルバイトにもいろんな種類があると思うが、この春から佐久良透里がはじめたこれは少し変わったものだろう。あまりおおっぴらにはできないし、他人には説明しづらい。

じつは、自分は添い寝のバイトをしているなんて。

しかもその相手は不特定多数の男女。完全に紹介制で、透里がひと晩をともにするのは素性のしっかりした相手のはずだが、それを自分で確かめたわけではない。添い寝を求めてくるひとにあれこれ聞こうとしないのがこのバイトのルールだし、透里も彼らの事情を知りたいとは思わなかった。

透里は彼らに眠りを与え、その見返りにいくらかの金をもらう。ただ、透里が欲しいのは金ではなく、それ以外のことだった。

自分が求めているものはこのバイトをしなければ得られない。だからこそ、透里は秘密を守りつづけて今夜も相手が訪れるのを待っている。

「こんばんは」

玄関ドアのロックを解除し、透里が出迎えた今夜の客は三十代なのだろうか、上質なスーツを着た男だった。

おだやかに挨拶をして、リビングに入ってくると、まわりをぐるっと見回して言う。

「ほとんど生活の気配がないね。誰も暮らしていないみたいだ」

「あの」

「うん？」

「僕が住んでいます」

「ああそうなんだ」

おっとりと返しながら男が微笑《ほほえ》む。

「じゃあ家主さん。お邪魔します」

じゃあ、とはどこから続いたのか。それに、ずいぶんと落ち着いている。

この客は添い寝されに来たのではないのだろうか。

透里が戸惑って眺める男は背が高く、顔立ちは整っている。服装は上等だし、身ごなしにも品があった。

ここに来る客たちは男女を問わず社会的地位が高そうなのはいつものことで、しかしこのひとは初回にしてはのんびりしているようだ。

たいていは透里に対して好奇心をうかがわせたり、自分で求めはしたものの添い寝されることについてのためらいをのぞかせたりするのだけれど。

「すぐ寝室に行きますか」

内心では面食らっていたけれど、それを表に出さないでうながしてみる。すると、男は「寝室？」と問い返した。

「そうですが。あなたは紹介客ですか」

添い寝の客はセジュンという男を通じてやってくる。透里はこのマンションの部屋に来る男女を迎え入れる役割だ。

しかしなんらかの手違いがあったなら。

用心するべくセジュンの名前は出さないで聞いてみる。と、男は「そうだよ」とうなずいた。

「たしかに紹介されてきた。これも仕事のひとつと思っていたからね」

「仕事ですか」

「うん。詳しくは話せないけど、取引先との絡《から》みがあって。半分以上は話のネタというのかな。お試しのつき合いみたいな感じかも」

透里は首を斜めにした。あまりよくわからない。

「ごめんね。なんだか不親切な説明で。だけど、添い寝の客というのは本当だよ」

じゃあなんで透里が寝室と言ったとき、驚いてみせたのだろう。

不思議に思って透里は男をじっと眺める。

さっきも感じたが、このひとの見た目は相当優れている。話しかたは鷹揚《おうよう》で、雰囲気にも余裕があるし、添い寝をしてもらいたがるほど心に屈託を持っているようには見られない。

もっとも、相手の心は外からではわからないし、人物判断はむしろ苦手なほうなのだが。

「もしかして、困らせている？」

少しばかり申し訳なさそうに男が言う。

「こちらが想像していたのとかなり実際は違ったからね。きみが寝室で添い寝をするのかと思ったら、なんだか違和感がなくもないような気がしたんだ」

こちらを思いやる気配はあるが、聞かされた言葉の意味は理解しづらい。

結局、添い寝は必要なのかそうでないのか。

「では、お帰りになりますか」

透里としてはどちらでもいい。相手は「う～ん」と洩《も》らしたあとで「いや。頼みます」と言ってきた。

「それなら寝室に」

うながして、透里は先に添い寝をするための部屋に向かう。男は今度は黙ってあとをついてきて、ベッドのある場所に入った。

「ここもまた綺麗《きれい》だけれどあっさりした部屋なんだね」

室内にはダブルサイズのベッドと、ナイトテーブル以外の家具は置いていない。

目下、透里が住んでいるこのマンションはひとり暮らしの大学生には不似合いなほどだだっぴろく、寝室も、リビングも、使っていないほかの洋間も、インテリア雑誌からそのまま移してきたような家具や設備に満たされている。

間接照明にほどよく照らされた寝室の真ん中で、男は透里に視線をやった。

「それで、俺はなにをすればいいのかな」

「ベッドに寝てください」

「このまま？」

「そのままでも、衣服を脱いでも。着替えるならローブを出します」

男はややあってから「ネクタイと上着は脱ごうか」とつぶやき、そのとおりの所作をしてベッドの上に横たわった。

「なんだかどきどきしてくるね」

そのわりに、少しもあせっていない様子だ。透里のご機嫌をうかがうでもなく、警戒心を見せるでもないこのひとは、少しばかりいままでの添い寝客とは違うようだ。

「きみが隣に寝てくれるのなら、もう少し端に寄ったほうがいいかな」

寝返りを打ったときに窮屈だものね。その言葉には否定の仕草で透里は応じる。

「いえ。僕は横に座っているだけで眠りません」

「そうなのかい？」

意外そうに目を瞠《みは》る。

「てっきり抱き枕みたいなことをしてくれるのかと思っていたよ」

ことさらに甘い響きを寄越してくるから、彼はきっと面白がっているのだろう。

「僕は眠りません。その代わりにあなたの眠りを見守ります。朝になって、あなたが目を覚ますまで」

「ずっと？　ひと晩中？」

「はい」

「それは、まあ……ありがたい話だね」

彼が曖昧《あいまい》な調子でつぶやく。

「だけど、ひとつ問題がある」

「なんですか？」

「俺はいま、まったく眠くないんだが」

「それなら大丈夫です」

透里は横たわる彼の脇に腰かけて、斜めに上体を倒していった。

「え、きみ」

当惑したふうな声がこぼれる。かまわず透里は彼の顔に唇を近づけてその耳にささやいた。

「月は夜の鏡。眠りは癒しの森。ここは月光が照らす森。おやすみなさい、いい夢を」

これはいつものおまじない。透里が添い寝をはじめたころになんとなく思いつき、それからずっとこの言葉を唱えている。

すると、男は添い寝に迎えた客が毎回そうするように、すうっと眠りに落ちていった。

端正な寝顔を眺め、透里の胸は速いリズムで鳴っている。さっきの男の台詞ではないけれど、きっとどきどきしているのだ。

でもそれは、彼の外見が引き起こしているのではない。

これからこのひとが透里に見せてくれるもの。その期待感が透里の胸を弾ませている。

(ひとつ……ふたつ……みっつ)

透里は目を閉じ、頭の中でゆっくりと数を数えた。そうして十まで数えたところで目蓋《まぶた》をひらく。

「……っ」

とたん、あやうく声をこぼしかけた。それくらい予期しなかった光景が目の前にひろがっている。

透里がいま見ているものは、白黒の小型動物が寝転がっているさまで、それはひどく気持ちよさそうに眠りをむさぼっている。

ぷうぷうと健康的な寝息を立てて眠っている子供のパンダ。呼吸のたびにふわふわの毛皮が揺れ、閉じた口元は時折なにかを咀嚼《そしゃく》でもしているような動きを見せる。

さきほどまでの男の姿はいまや薄い影のようなものとなり、二重写しになっているパンダのほうが圧倒的な存在感を持っていた。

こうした景色がこんなにもはっきり見えるのは初めてだった。

いままでそうであったように、薄ぼんやりと見て取れる桜の枝や、使い古しの毛布や、子供のおもちゃとは違ったものだ。

この子パンダは本当に生きてここにいる、少なくとも透里にはそう思えた。

あたたかく、やわらかく、生命力にあふれている小動物。

透里はまばたきをする間も惜しんで『それ』をひたすら見つめていた。


その翌日、透里は駅前のカフェに入り、目当ての人物をカウンターの席に見つけた。

センスのいいデザインシャツにスラックスを身にまとう若い男は、なにかしらおしゃれな業種に就いているフリーランスといった感じだ。

ほんとのところはどうなのか、透里にはわからない。知っているのはセジュンという名前くらいだ。それと、彼が自分のバイトの雇い主であることくらい。

透里は店のスタッフに注文した飲み物をもらってから、男のすぐ横まで近づいた。

「はい、これ」

透里が椅子《いす》に腰かけると、セジュンが胸ポケットから封筒を出して寄越す。透里はそれを

受け取って、持っていた小ぶりのリュックに入れた。

「昨日の晩はどうでした？　初めてのお客さんだったけど、問題はなかったですかね。いちおう紹介者も本人も身元はしっかりしてましたけど」

透里は少し考えた。問題はなかった気がする。しかし、いつもとは違っていた。

「あれえ。なんですかね」

黙っていたら、セジュンが聞いた。

「いつにもましてぼんやりしているんですね」

「……あ」

なんでもないと言いかけて、透里はふっと言葉を洩らす。

「その。またあのひとは来るでしょうか」

「あのひとって、昨夜《ゆうべ》の客？」

「はい」

「来てほしいと思ってるとか？」

そう問われ、透里はこくんとうなずいた。

あのパンダをもう一度見たいのだ。

セジュンは「そりゃめずらしい」と口笛を吹く真似《まね》をした。

「なにか特別なことでもあった？」

問われて、透里は曖昧に首を振った。

添い寝の客が現すあの光景はこれまでセジュンにも打ち明けたことがない。信じてもらえるかどうかより、そもそも言う気がしないのだ。

あれは自分の大切な秘密であって、誰とも分かち合うことなどできない。

「なにか言われたとか、されたとか」

「特にはなにも。ですが朝起きたとき、あのひとは相当にあわてていました」

「はあ、そうですか。だけどそもそも初回の客はみんなそんなじゃなかったですかね」

それはセジュンの言うとおりだ。

添い寝を求める客たちは例外なく不眠症をかかえていて、なのに自分がぐっすり眠りこんだ事実が意外でならない様子を見せた。

昨夜の男もその例に洩れず、朝になって目覚めたときにはびっくりした顔をしていた。

――驚いたな。いつの間に眠ってたんだ。

それから時刻を聞いたあと、さらに愕然《がくぜん》としたらしい。

――うわ。もうこんな時間だって？

言うなり彼はあわただしくベッドから下り、透里が教えた洗面所で外に出るための支度をした。

簡単にだが食事の用意をしようかと言ったけれど、時間がないからと彼は玄関の戸口に向

かう。そこで靴を履く前に振り返り、

――その。いきなり寝込んですまなかった。眠くないと言っておいて、驚かせたんじゃないだろうか。

――いえ。それが僕の仕事ですから。

言うと、彼は両眉をかるくあげた。

――そうか、そうだったね。きみはそれが。

言いさして口を閉ざし、透里にはなんともわからないまなざしを向けてくる。そのあと口をひらきかけたが、結局なにも言わないで出ていった。

「なんとなくまた来ればいいのになと思っただけです」

一度きりになった客はこれまでにもあったことだし、透里のことを胡散臭《うさんくさ》いと警戒する心のほうが強ければふたたび訪れることはない。

「ふうん、なるほど。ま、来ないも来るもお客さん次第ですしね。再度の予約が入ったら、優先的に受け付けときます」

セジュンが肩をすくめてから言ってくる。

「で、今日の予定はどうなってます?」

「これから大学に行くつもりです」

「それなら今晩のバイトはなし?」

「はい」

「で、この週末は大丈夫？」

「はい」

「だったらまた金曜日にでも連絡しますよ」

セジュンは余裕をもって添い寝のバイトを入れてくる。いつだって透里次第で、予約の無理強《じ》いをされたことは一度もなかった。

――こういう商売は適時適切が大事なんです。

かつてセジュンはそんなふうに透里に言った。

――こちらはベストのタイミングで人材を斡旋《あっせん》する。だからこその値打ちなんです。下手《へた》を打って商品価値を損なうのは馬鹿のすること。

そんなポリシーをのぞかせて、彼はあくまでも透里の都合で次の段取りをつけてくる。

「それじゃまた。ご苦労さま」

そう言い残し、セジュンは身軽く立ちあがる。その背を見送り、透里はさっきの質問をよみがえらせた。

――来てほしいと思ってるとか？

そう。自分はあの動物をもう一度見てみたい。

あれはひと晩中呑気《のんき》に眠りをむさぼっていた。

すごく気持ちよさそうに。まるで親兄弟に守られていて、怖いものや危険なことなんか少しも感じないかのように。

平和で、おだやかで、のんびりとした空気感。あんなのは初めてだった。

子パンダの寝姿を何度も思い出しながら透里は学校へ向かったけれど、脳裏に浮かぶその映像は講義室に入ったとたんに消えてしまった。

「透里」

部屋の戸口をくぐるなりきつい声で呼びかけられる。反射で透里は身体《からだ》をすくめた。

目の前にいるのは濱田《はまだ》。透里にとっては幼稚舎からの友人で、幼馴染《おさななじみ》というのが一番近いのだろう。

「おまえ、昨日は講義に出なかっただろ」

「うん」

「俺からのメッセージもスルーした」

「それは、ごめん」

昨日の透里は外に出る気がどうしてもしなかったから、添い寝の客を迎えるまでは部屋の中でぼんやりしていた。

結果として講義をサボり、友人のメッセージは無視したわけで、透里は謝罪の言葉を言った。

「悪いと思っていないのに、とりあえずあやまるのは悪い癖」

ぴしゃりと濱田に決めつけられて、透里の視線が下に向く。

「現実逃避もよくない癖だ。こんなときこそしっかりしないと駄目だろう」

濱田が言うのはもっともで、透里としては一言もない。

「まずはちゃんと講義を受けろ。俺がおまえに伝えることはそれからだ」

濱田は透里より背が高い。テニスサークルや、父親が所有しているヨットで鍛えているだけあって、ほどよく日焼けした身体には適度な筋肉がついている。

濱田はいわゆる爽やかな好青年で、自分にも他人にも正しさを求めてくる。しかし透里は彼の正しさに適合しない場合が多く、それでしょっちゅう小言を食らう羽目におちいっていた。

講義のあとに、学生食堂のテーブルをはさみながら、透里はまたも繰り出される説諭の数数を聞かされる運びになる。

「俺はさあ、おまえを心配してるんだ。おまえのほうは鬱陶《うっとう》しいのかもしれないが」

鬱陶しいとは思いません。むしろありがとうございます。そう言えばいいのかもしれないが、すぐには言葉が出なかった。

「酒井《さかい》はおまえに必要以上にかまうなって、ほっといてやれっていつも言っていたけどな、そうするとおまえが道をそれていくんじゃないかって俺は気がかりでならないんだ」

酒井はふたり共通の友人で、やはり幼稚舎からの古馴染だったけれど、他県の大学を受験して、そちらに入学を決めたから、去年の春以来ほとんど会うことはなくなった。

友人関係が三人からふたりになって、これまでのバランスが崩れてきたと思うのは自分だけか。

「昨日はなにをしてたんだ？」

「ただ家にいた」

「本当に？」

「うん」

疑わしげに濱田がこちらを眺めてくる。こうなったら話が簡単に終わらないので、透里は内心ため息をつきたくなった。

濱田はいつも自分が正しいと考えていることを言う。こちらに反論の余地をあたえず。それで透里はまるで継ぎ目のないステンレスの箱の中に入れられた気分になる。どこからも出られないし、こちらの声もじつは聞こえていないのじゃないだろうか。

「それだって、友達のメッセージくらいなら返せるだろう。昨日はなにをしてたんだ？」

さっきとおなじ質問に透里もまたおなじ返事をするしかない。

「家にいた」

「それは答になっていない」

「本当になにもしてない」

濱田がハアッと息をつく。

「透里。今度俺と一泊旅行でもしてみないか。それとも映画や美術館とか。そっちも乗り気でないいんならただ買い物をするのでもいい。透里の好きな場所に行こう」

透里は少し考えてから、否定のしるしに首を振った。

「好きな場所は思いつかない。旅行に行くつもりもない」

「おまえの気持ちはわかるけど」

濱田は眉根を寄せながら食い下がった。

「言いにくいけど、そろそろ外にも目を向けないと。おまえがそんなだと、ご両親も心配する」

おまえのためを思って苦言を呈している。そんな流れはここのところの定番で、それにきちんと応じられない透里はただうつむくだけだ。

「透里。なにか言ってくれないと、俺の立つ瀬がないんだが」

苛《いら》立《だ》つ気配を感じ取り、透里は返せる言葉を探した。

「初盆が終わるまでは、そんな気分になれないから」

ごめんと透里が言い添えると、相手はハッと息を吞んだ。

「そうか。来月はもうご両親の初盆か。俺にもなにか手伝えることはないか」

「ありがとう。でも気持ちだけ」

「そうか」と濱田が引いてくれてほっとする。しかしそれもつかの間で、彼は定食のハンバーグを箸で分けながらこう言った。

「なあ、透里。今晩おまえの部屋に行こうか」

「え」

ピラフをスプーンで掬《すく》おうとした手が止まる。その反応が気に入らないのか、濱田の機嫌がいっきに傾く。

「なんで嫌がる」

「あの部屋は駄目なんだ」

「だから、なんで」

きつい口調。答えられずに透里は黙りこんでしまう。

「おまえがそうやってこだわるほどの場所じゃないだろ。本当の実家ってわけでもないのに」

「それは、そうだけど」

「そのあたり、俺は噂で知ってるんだぜ。俺たちクラスの世界にはそれなりの繋《つな》がりがあるからな。おまえの叔父《おじ》さんが佐久良の屋敷に移り住み、そのせいでおまえが家を出る羽目になったって」

「濱田」

「そんなふうな声を出すなよ。だって、本当のことだろうが」

それとも、と表情に険を覗《のぞ》かせて彼が言う。

「またあの男とホテルで会う約束でもしてるのか」

このやり取りも何度目か。

そもそもの発端は、ひと月ほど前都心のホテルで濱田とかち合ったことだった。

そのころ透里は添い寝客とホテルの一室で会うことにしていたから、濱田が急に現れてかなりあせった。

あの折もいまとおなじく疑惑の目を向けられて、こんなところでなにをしているときつく問い詰められたのだった。

「あのひとと今晩会う約束はしていない」

限定的だが事実を言った。

「本当に？」

「うん」

濱田に添い寝のバイトをしていると明かす気にはなれなかった。

ホテルにいたのを見つけられたあのときも透里はおなじ判断をして、その気持ちは変わっていない。

あの日の晩、友人の詰問口調にほとほと困り果てた透里は、どうしようもなくなってセジュンに電話をかけたのだ。

――すみません。友人が偶然このホテルにいて。僕がどうしてここにいるのか理由を聞かせてもらうまでは離れないと。

そう伝えたら、彼は急いでホテルまで来てくれて、自分が透里と会う約束をしていると言い訳をしてくれた。

――佐久良さんのお父さんに昔世話になりましてね。食事がてら思い出話でもさせてもらおうということで、ここにお誘いしたんですよ。

なんだったら、お友達もいかがですか。悪びれるふうもないなめらかな説明に、さすがの濱田も突っ込みどころをなくしたのかその場はひとまず引き下がった。

――いえ。俺は遠慮しておきます。透里。また学校でな。

濱田が去ってから、セジュンはかるく肩をすくめた。

――いささか面倒なお坊ちゃんみたいですねえ。

そうして、添い寝のバイトをやめるかと聞いてきたのだ。

――ホテルを使うのはやばいかもしれませんしね。ここいらを潮時と思ったっていいんですよ。

「透里。なんで答えない」

物思いから引き戻されて、重い口をなんとかひらいた。

「あの部屋には来ないでほしい」

「友達なのに?」

「うん。ごめん」

マンションの自分の部屋で添い寝のバイトをつづけたい。たとえ濱田が近くを通りかかっても、自分がその建物を出入りするのは自然だし、添い寝の客もどの部屋に向かうのか特定するのはむずかしいから。

つっかえつつもそんな提案をセジュンにしたのは透里自身で、そうまでしても自分はあのバイトをやめたくなかった。

「おまえ、変わったな」

「そうかも」

濱田の言うとおり、自分を取り巻く環境はさまざまに変化した。だとしたら、自分だけが変わらないでいることはできないだろう。

「わかったよ」

濱田は肺から大きく息を吐き出した。

「だけど、長くは待たないぞ。そのうちきっちり説明しろよ」

それには返事ができなかった。

これまでの透里なら濱田に押しきられるままに行動していただろう。けれども、いまの自分には譲りたくないものがある。

だから、透里は彼のまなざしや言葉にいくら責められても、添い寝のことを明かすことはできなかった。

透里にパンダを見せてくれたあの客がふたたび部屋にやってきたのは、初回のときから三日経ってからだった。

男は寝室で向き合ったパジャマ姿の透里を眺め、咳払《せきばら》いをひとつしてから言ってくる。

「その。このあいだはありがとう」

彼は今夜も上質のスーツを着ている。もともと強面《こわもて》ではなかったけれど、初対面のときよりもさらに雰囲気がやわらかくなっていた。

「それと、ごめんね。不躾《ぶしつけ》な真似をした」

思い当たる節がなく、透里は何度かまばたきした。

「あの朝あわてて帰っただろう。きみがせっかく食事を勧めてくれたのに」

「それは、べつに」

「気にしてない？」

「はい。もちろん」

「それはよかった」

彼がにっこり笑ってみせる。

「わかっているかもしれないけれど、じつはものすごく驚いたんだ。あんなふうに人前で寝落ちするなんてこれまで覚えがなかったしね。しかも翌朝まで爆睡だろう。なにか魔法にでもかけられたのかと思ったよ」

「ですが特別なことなんて」

「なにもしてない？」

透里が頭をこっくりさせる。

「だとしてもね。前後不覚に眠るなんてついぞ経験がなかったんだ。まあ、自分でも不眠気味なのはわかっていたし、だから紹介をしてくれた相手先とそんな話にもなったんだけど」

苦笑しながら彼が言う。

「目覚めた翌朝はものすごく身体が軽くて、いったいどんな仕掛けが隠されていたのかって、あのあとそればかり考えた」

だからね、と彼が続ける。

「もう一回体験してみることにした。今度は不意打ちで寝落ちなんかしないつもり」

それでもいいかいと彼が聞く。透里は「はい」とうなずいた。

「じゃあもう一度俺を眠らせてくれるかな」

くっきりとした二重の眸を細めると、甘い雰囲気が生まれ出る。

こういうのが大人の魅力なのだろうか。彼のスタイルのよさも合わさり、まるで海外の俳優のようだった。

透里がぼんやりとそんなことを思っていると、彼が近寄ってきて、こちらの背中に腕を回す。けれども直接身体には触れないままに、うながしの言葉をかけた。

「さあ。それじゃ寝室に案内してもらおうか」

まるでレディをエスコートする仕草。そしてそれが決まっているから、きっとこのひとはこうしたことに慣れている。

なんだかすごいなあと現実感がないままに透里は彼と寝室に入っていった。

「今夜はどうしようか。たしかこの前着替えがあるって言ってたね」

ベッドの脇で透里と向き合い彼が聞く。

「ローブでよければ」

「いいよ。貸してくれるかい」

それで透里は寝室のクロゼットから用意してある紺のローブを取り出した。

「身に着けていた服を入れるかごはこれです。スーツはあちらのハンガースタンドにどうぞ。僕は出ていますから、終わったら呼んでください」

これはマニュアル化された台詞で、すらすらと言葉が出てくる。

そのあと透里は彼にローブを手渡すと、おなじく出してきた籐《とう》のかごも床に置く。そうして部屋から出ようとしたら、彼に仕草で止められた。

「出なくていいよ。男同士だ。すぐに着替えは終わるから」

言って、彼はためらいなくスーツの上着を脱ぎはじめる。スーツの下には筋肉が感じられる広い胸と、引き締まった腰があり、長身にふさわしくその位置も高かった。

脱衣の仕草がさまになるのは、透里が知る限りこのひとくらいだ。こういうところもなにか俳優めいているから、本当にそうした職業のひとかもしれない。

できるだけじろじろ見ないようにしつつ、部屋の隅にひかえているうち、彼はローブへの着替えを済ませた。

「待たせたね。用意ができたよ」

あらためて視線を向けると、長身の彼には少し丈が短いようだった。

これらの備品はセジュンが手配してくれたので、今度また彼が来ることがあるのなら、その旨を伝えたほうがいいかもしれない。そんなことを思っていたら、彼がくすりと笑みを洩らした。

「きみはほんとに浮世離れしているね」

「……すみません」

自分でも気が利かないのは知っている。愛想がないことも。

透里が詫《わ》びたら「あやまらせるつもりじゃないんだ」と顔を曇らせて彼が言う。

「そういうところもここの雰囲気を形づくるものだろうし。きみのそれを好ましく思う客もきっと大勢いるのだろうね」

「そうでしょうか」

「うん。少なくとも俺はそう感じているよ」

彼はベッドに腰かけると「横になっても？」と聞いてくる。透里が肯定の仕草をすると、彼は長い手足をベッドに横たえた。

「なんだか幼い子供になった気分だな」

透里が脇に腰かけると、照れくさそうに彼が言う。

「まさかこの歳でこんな体験をするなんて。人生は思わぬことの連続だね」

「やめますか？」

相手の戸惑いを感じて透里が訊《たず》ねたら、しばしあって「いいや」と応えが返ってきた。

「謎なことにこのシチュエーションが結構嫌ではないんだよ」

きみはやっぱり魔法使いかなんかじゃないか。冗談めかして彼がつぶやく。

「それとも新興宗教の教祖さまとか。じつはあれから本気でそれも疑った」

「僕はただの大学生です」

「そうなんだ。何年生？」

「二年生です」

「じゃあ二十歳《はたち》？」

「はい」

「だったらきみは成人しているんだね。よかったよ、未成年に添い寝をしてもらうのは大人としてさすがに気が引けるから」

前回より彼は口数が多かった。気まずいからか、それともリラックスしている証拠か。

それはよくわからなかったが、夜なのにこのひとからは陽光の気配を感じる。夏のきつい日差しではない。明るさと暖かさをあたえてくれる春先の光のようだ。

「どうしたの？」

「いえ。おやすみなさい」

透里が言うと、彼がこちらと目を合わせつつおなじ台詞を返してくる。透里は前に身を倒し、彼の顔に自分のそれを近づけると、その耳におまじないの台詞を注いだ。

「いやいや、まだ眠くないから……まだ……起きていられ……」

彼がはっきりしない声でつぶやいて、眠りにあらがう様子を見せていたけれど、まもなくすうっと眠りに落ちた。

「また僕にあの姿を見せてください」

期待を込めて彼にささやく。そうして目を閉じ、十数えて目蓋をひらくと、果たしてそこには願ったとおりのものがある。

ぷうぷうと健やかに眠りをむさぼる幼い獣。これは実体なのだろうか。それとも病んだ自分の精神が見せる幻？

思うけれど、その惑いを朗らかに跳ね返すほどパンダの子供は存在感をたたえている。

「どっちでもいいのかも」

たとえこれがいよいよ壊れていく自分の心が現しているかりそめのものであっても。

「僕はこの子を見たかったから」

誰にも分かち合うことのできない秘密ではあるけれど、この光景は透里の心をあたためる。

真っ暗な夜の底にちいさく灯《とも》った明かりのように。

こんないいものを見せてくれたこのひとがどうかゆっくり休めますよう。今晩の眠りによって、身体と心が癒されますよう。

祈りにも似たそんな願いをいだきながら、透里はひと晩中まどろみもせず目の前の幻を眺めていた。

カウンターの椅子に座った姿勢から近づく気配に振り向くと、ブランド物のドレスシャツに身をつつんだ若い男が挨拶代わりに手をあげる。

甲斐谷《かいたに》の隣の席に腰かけて、ホテルのバーテンダーに飲み物を頼む台詞も慣れたふうに決まっていた。

「それで、なにか不都合でも？」

ラムベースのカクテルが来たあとで、セジュンがたずねる。甲斐谷は「不都合とかそういうのではないんだが」と応じてから自分の疑問を口にした。

「あの子のことを少し教えてくれないか」

「あの子とは？」

わかっているだろうに、セジュンは知らないふうに問う。

これは詮索してくれるなということか。しかし、甲斐谷は食い下がった。

「あの子の名前は？　どうしてあんなバイトをしている。きっかけはなんなんだ」

「それを知ってどうするつもりなんですかねえ」

軽い調子は揶揄《やゆ》するようにもたしなめるふうにも聞こえる。

それと慣れ。おそらくこうした質問は初めてではないのだろう。

「なにか困っているのなら、俺が助けになりはしないかと」

セジュンは頬をわずかに歪《ゆが》めた。

「はあなるほど。で、あの子は困っているふうでしたか」

「いや。綺麗すぎる人形みたいで、最初から最後まで淡々としていたよ。ただ……」

「ただ？」

「このままだとあの子が消えてなくなりそうで、こちら側に呼び戻せるならと考えた。あの子を知っているきみならこの感覚がわかると思うが」

セジュンは表情を変えず、自分のグラスに視線を落とした。それからやや薄めの唇の端をあげつつこちらに対する。

「あの子は消えやしませんよ。ま、こちら側にいるものでもないですけどね」

「それは、どういう？」

「あの子に誘いをかけたのは、うってつけだと思ったんです。儚《はかな》げな美青年が寄り添って夢の手引きをしてくれる。あなたにも最初のときに言ったでしょう。高級エステみたいなものだと。それだけのことなので、欲が深くなりすぎるとろくなことにはなりませんねえ」

これは警告。深入りするなと。

初対面のとき、この若者は人材斡旋業者だと自らの職業を説明した。求めるひとに欲しい人材を調達するのが仕事だと。

胡散臭いが実績もあるようで、実際あの青年との添い寝を勧めてくれたのは甲斐谷の取引先の社長だった。

会食の場で雑談に話が流れ、その折に疲れがどうとか不眠がどうとかの話題になり、じつは……と相手が打ち明けた。

酒が入っていたせいか、相手方の社長はひそひそ話の態《てい》で、しかしやたらと熱心に勧めてくる。その気もないのに煩《わずら》わしいことだと思い、けれどもプライバシーにかかわる秘密の共有は提携先との親睦に役立つだろう。

そんな打算もあったから、気の進まないその話に乗ってみたが。

「客になった自分が言うなの話だが、あぶない思いをすることはないんだろうね」

言うと、セジュンはつと目を細め、友好的とは見えない笑みを頬に浮かべた。

「あぶない、ねえ。それはたまにはあるでしょうね」

甲斐谷の眉根が知らず寄っていた。セジュンはそのさまを眺めながら告げてくる。

「たとえば、一、二回程度添い寝をしてもらった客が、あの子にすっかり入れあげてプライバシーを詮索してくるときとかね」

これは自分への皮肉だった。反論できず、甲斐谷は黙りこむ。

「あの子の事情を知ったって、しょせん他人にはどうすることもできませんよ。あの子が助けてほしいと客にサインを出しましたか？　したくないことを無理やりさせられているように見えましたか？」

「いや……それはなかった」

「でしょう？　他人が強制させて、あの一夜は生まれない。あの子が客の夢に寄り添い、ひと晩を過ごしたいと思えばこそ成り立つものです。ま、わたしはあの子に添い寝してもらったことはないですけどね。客になった人達からはこんなふうに聞いてます。誰にも乱されず壊されたくない、奇跡のような一夜だったと」

あなたもそうじゃなかったですか。問われて甲斐谷はぐっと詰まった。

「わたしがね、あの子に添い寝を持ちかけたのはたんなる思いつきだったんです。夜の街をふらふらとさまよっているよりも、わたしならもっとこの子に適した役割を斡旋してやれるのにって。その考えは思った以上にハマりましてね。客も満足、あの子もやりがいのある仕事を見つけ、わたしもそのおこぼれにあずかる。三方円満。これぞわたしの目指すところって具合です」

「きみの誘いにあの子はすぐに応じたのか」

「楽して金が儲《もう》かるバイト。そんなふうに誘ったと思います？」

「いや」

そんな文句にあの青年が心を惹《ひ》かれるとは思えない。

彼は金に困っているふうには見えないし、楽だからという理由でバイトをはじめたとも考えられない。

だとしたら、彼はいったいなにを求めて客とひと晩過ごしているのか。

「実際はどうだったのか教えてくれ」

甲斐谷に問わせておいて、しかしあくまでもはぐらかすかと思ったが、セジュンはあっさり打ち明けた。

「人助けになるんですよ、と。その様子なら、したいこともなりたいものもないんでしょう。だったらその余った時間を人助けに使いませんかと」

「あの子が人助けに添い寝のバイトをしていると？」

「さあて。そいつはどうですかね」

それからセジュンは甲斐谷のほうを見て、苦笑した。

「いまもしかして、あの子は意外にも人情家、なんてふうな勘違いをしましたか」

「いや。それはないが……！」

「甲斐谷さん。わたしはね、客が面倒を持ちこんで、結果あの子が添い寝はもうしたくないと言ってきたら、すぐさまオーケイを出しますよ」

セジュンはさらっとそう言った。

「それこそ奇跡のようなバランスであのひと晩は成り立っている。だからこその希少価値です。ようするに、あの奇跡の夜を無にするかしないかはお客さんがたの心がけしだいってわけですよ」

言って、セジュンは椅子の上から滑り下りた。

「慎重に。冷静に。後悔したくないのなら」

忠告とも警告とも取れるつぶやきをこちらに寄越すと、セジュンは席から離れていく。

残った甲斐谷はいつの間にか詰めていた息を長く吐き出した。

セジュンの言うとおりだ。あの青年にのぼせあがった客、いまの自分はそうとしか見えないだろう。

そしてセジュンの慣れたふうなあしらいかたは、そうした客が何人もいたことを表わしている。

あのひと晩をぶち壊しにしたくないなら、余計なことはいっさい言わずに口をつぐんだままでいるか、客になるのをあきらめるか。つまりはそういうことなのだろう。


眠りのなかにパンダを飼っている男。あれから彼とはすでに四、五回は一緒の夜をすごしていた。

そのたびにふわふわの生きものが見られるから、透里は彼の訪れをいまかいまかと待っている。

今夜も彼が現れると、表情には出ないものの透里の胸は知らぬ間に弾んでしまった。

「やあ、こんばんは」

愛想よく訪れた彼の手にはおしゃれなプリントの紙袋。目の前に差し出されて受け取れば、開けてみてとうながされる。

言われるままに、中にあった紙箱をひらいてみれば、キラキラ光る包み紙に飾られた菓子だった。

「チョコレートだよ。気に入ってくれるといいけど」

甘いものは苦手じゃないよねとたずねられ「はい」と透里はうなずいた。

「ありがとうございます」

「たまたま街を歩いていて目についたんだ。好みはわからなかったけれど、きみに似合うと思ってね」

プレゼントを寄越してきた当人のほうがよほどうれしそうだ。

「ついでに紅茶も持ってきた。迷惑でなかったら、これを一緒に飲まないか」

「はい」

支度をしようと透里が腰を浮かせたら、彼がそれを手で止める。

「いいよ。俺が淹《い》れてあげる」

「ですが、それでは」

「俺がそうしたいんだ。台所を貸してくれるね」

いささか強引だが拒絶するほどでもない。透里が譲り、言われるままにリビングで待っていると、まもなく彼がキッチンからティーセットをたずさえて現れる。

彼は手にしたトレイからソファ前のテーブルにティーカップを置き、そこにポットの紅茶を注いだ。

「俺のぶんにはブランデーを入れさせてもらうけど。きみもよかったらこいつを飲むかい」

「いえ。僕はお酒は」

「好きじゃない？」

「どちらかよくわかりません」

彼はなるほどとうなずいた。

「きみはまだ二十歳だしね。おじさんは遠慮なく酒を飲ませてもらうとするよ」

男の軽口に透里は違和感をおぼえてしまった。

「おじさんには見えませんが」

「だけど本当だよ。俺はいま三十二歳だ。きみとはひとまわりも離れてる」

自分とは十二歳のひらきがある。そう聞かされても透里はぴんとこなかった。

彼はおじさんという印象からはかけ離れている。こうして会うときはいつもすっきりしているし、寝顔も端正そのものだ。

笑えば甘い雰囲気を醸し出すのに、どこか彼の内部には硬い芯が感じられ、結構頑固《がんこ》なひとかなと思うけれど、それも決して嫌ではなかった。

「砂糖とミルクは入れる？」

「はい」

すると、彼は透里のティーカップには聞いたとおりのものを、自分のティーカップにはミニボトルのブランデーを注ぎ入れた。

「さあどうぞ」

勧められて、口をつけはしたものの熱くて飲むまでにはいたらない。その仕草を見て、彼がくすりと笑みをこぼした。

「もしかして、猫舌かな」

「はい」

「なら次はもっとぬるいのを淹れるからね」

彼は透里の顔を見て、先取りの言葉を投げる。

「俺がそうしたいんだよ。きみの好みをおぼえておきたい」

「……ありがとうございます」

透里はなんだか落ち着かない気分になった。こういうのを気配りじょうずというのだろうか。自分には及びもつかないすごい技だ。

「紅茶が冷めるまでチョコレートを食べているかい」

彼が箱からひとつ摘まむと、透里の手のひらにのせてくれる。

そうして透里がチョコレートの包みを剝《む》くのをにこにこしながら眺めているから、自分がなんだか親戚の幼い子供になったような気持ちがした。

（眠っているときはむしろこのひとが）

子供のパンダなんだけれど。

やわらかであたたかな小動物の幻を顕《あらわ》したことについて、初回は意外に思ったけれど、このひとを知るうちに違和感は薄まった。

人当たりのいいこのひとの内部には幸せそうに眠る子パンダが秘められている。おだやかなやさしい笑顔とセットになった可愛い生きもの。

透里は彼と会わないときもしばしばそれを思い出して、お腹《なか》のあたりがほかほかする感覚を味わっていた。

透里にとってこんな感覚は初めてで、パンダさん――と最近はそう名づけているのだが――彼が持ってきてくれる菓子や飲み物もそうだけれど、あの感覚こそが自分にもたらされた贈り物なのかもしれない。

カップを手に透里がぼんやりとそんなことを思い返していたからだろうか、隣に座る男から「美味《お》しい？」と聞かれたときに、つい無意識に「はい。パンダさん」と答えてしまった。

「パンダ？」

しまったと透里は悔やんだ。心の中だけで彼をそう呼んでいたのに、うっかり口に出してしまった。

「もしかして、パンダさんって俺のこと？」

「……すみません」

訳を知らない彼からすれば変なあだ名をつけられたと思ってもしかたない。気を悪くしていないかと窺えば、彼は唇の両端を軽くあげて、

「いや。パンダさんっていいじゃないか。俺にはもったいないくらい可愛らしい呼び名だよ」

そうして彼はなにやら妙にうれしそうに言葉を継いだ。

「もう何回も会っているのにお互いに呼び名がないと不便だからね。俺のほうはきみをなんと呼べばいい？」

とっさに迷って、しかし結局口から出たのは本名だ。

「透里です」

「どんな字を書くんだい」

「透明のとうに、山里のさとです」

「そうか。すごくいい名前だね」

こういう台詞がさらりと出るのはすごいと思う。こういうのをスマートな言動というのだろうか。

彼といると、会話がスムーズに進んでいく。本来、口下手でコミュニケーション不全の透里が、彼とは少しも気まずい思いをしなくて済むのだ。

世慣れた大人であるのはわかって、いったいどんな仕事や家庭を持っていればこんなひとができあがるのか。

「あなたは親切なひとですね」

それでも彼のバックグラウンドをたずねることはこの関係ではルール違反だ。

添い寝の客の身分や立場を詮索しない。透里と彼とはこの部屋の中でだけ成り立っている間柄。距離感を間違えてはいけなかった。

「俺が親切、きみはそう感じているの?」

「はい」

「どのあたりが?」

彼の目に輝きが宿っている。もしかして面白がられているのだろうか。

「僕にお茶菓子をくださったり、紅茶を淹れてもくれました」

「それはきみがそうすることを俺に許してくれたからだよ。きみに親切にしたい相手はきっといくらもいるだろうから」

それはよくわからなかった。許すとかそんな上からの目線でいたことはないのだけれど。

「俺に親切なのはむしろきみのほうだろうね。朝まで添い寝をしてくれて、不思議なくらい充足感のある眠りを俺は受け取っている。きみが欲しいのは金銭ではないのだろうに」

「それは、まあ。でも、代金以上のものを僕は」

考えなしに応じてから、下手を打ったと気がついた。こんな言いかたをしてしまったら、代金以上のものとはなんだときっと問いただされるだろう。

友人の濱田がいつもそうするように。

しかし、彼は透里を問い詰めはしなかった。

「そう。俺が少しでも返せるなにかがあったみたいでよかったよ」

皮肉ではなく、ただそう思っているかのようなおだやかな口調だった。

「実際、きみの部屋で眠るようになってから体調がすごくいいんだ。朝起きたとき、なんというんだろう、手つかずの一日が待っているのがうれしくてね。まるで子供時代に戻ったみたいな気分なんだ」

それに引き換えと彼は言う。

「きみは俺の隣にいて、ずっと眠らずに朝までだろう。本当に申し訳ない気分なんだよ」

「それが僕の仕事ですから」

「翌日大学で眠くなることはない？」

「はい」

特にマンションのこの部屋で添い寝のバイトをするようになってから、客が来ない晩にも眠気をおぼえることがない。

「少し、顔色がよくないようだが。何度も添い寝をさせて、俺がきみに無理を強《し》いているのじゃないか」

「僕は平気です。元々たくさん眠るほうではなかったですし」

「じゃあ俺がこのあとも予約を入れてかまわない？」

「はい」

「だけど今晩はゆっくり寝たいと思ったら、たとえ予約が入っていても断っていいんだよ」

「はい」

「それとね。今晩は少し我儘《わがまま》をさせてもらってもいいだろうか」

我儘とはなんだろう。透里は茶色みがかった長い睫毛をしばたたかせた。

「きみに添い寝をされるのはすごく気持ちがいいんだけれど、今晩はこのままここでおしゃべりをさせてもらうのは駄目だろうか」

「添い寝はなしで？」

「なしで」

彼はきっぱりそう言った。

「眠くなったら、きみは寝室に引き取ってもらってもかまわない」

「僕が寝てしまったら、仕事にはなりませんが」

「それでもいいよ。きみがこの場所にいてくれるならそれだけで」

そのことだけでも充分に心が凪《な》ぐ。聞いて、透里は不思議だった。

「僕が寝てしまっても、満ち足りた気分になる？」

「ああ、きっと」

「自分は眠らないでいるのに？」

「添い寝のときはきみも眠らないだろう。それで翌朝、嫌な気分になっているかい」

「なってはいませんが……」

「なに？」

ふっと、彼にそのことを打ち明けたい衝動に襲われる。なぜと思う間もなく、透里は声をこぼしていた。

「その日はずっと前の晩に感じたものを考えつづけることがあります。隣で眠ていたひとの夢に入りこんでしまったみたいに。はっきりと輪郭《りんかく》を成さないままに揺れている淡い影と一体になった感じで……」

このパンダさんの夢だけは違っているが、ほかはおおむねそのようだった。

「他人の夢と一体になる？」

彼が眉間《みけん》に皺《しわ》を寄せる。おかしなことをと思われてもしかたがなくて、透里は打消しの言葉で応じる。

「たんなる気のせいなんですが」

「たとえば俺の夢はどう？」

透里はすぐさま答えることができなかった。

このひとの夢は可愛くて、心地がいい。けれども子パンダの姿を重ねて見ていますとは言いがたい。明かせばよくよく精神の失調が起きているかと思われる。

「そうですね……よくわかりません。でも……悪いものじゃないんじゃないかと」

ぼやかしすぎて意味不明な返答になってしまった。しかし、彼はほっとした顔をする。

「それはよかった。きみを疲れさせていなくて」

疲れさせることはない。むしろ気持ちがよくなるくらいだ。

そう考えてから透里は気づいた。

こういうふうに彼が言うのは、実際の生活でこのひとが疲れているからじゃないだろうか。

「あの」

迷ってのちにおずおずと切り出した。

「やっぱり添い寝をしましょうか」

そうたずねたら、彼が眉を撥《は》ねあげてから苦笑いの表情になる。

「ありがとう。きみは本当にやさしいね」

それは違うと透里は思った。

いつだってまともな受け答えのできない自分がやさしい人間のはずがない。

「いまから添い寝をしましょうか」

眠って疲れが取れるなら、そのほうがいいのじゃないか。ふたたび誘ってみたけれど、彼は「いいや」と額《ひたい》に落ちた前髪を掻《か》きあげる。

「だけど、少しだけ格好の悪いことをしゃべらせてもらっていいかい。聞くのが面倒になったなら、席を外していいからね」

「どうぞ」

透里はあらためて彼のほうに向き直り、話を聞く姿勢を取った。

パンダさんはふっと目を細めたあとで、低い声音で話しはじめる。

「本当に疲れてはいないつもりだったんだ。だけどきみに添い寝をしてもらったら、すごく身体の調子が良くてね。それでようやく気がついたんだ。やはり根を詰めすぎていたんだって」

だけど、そのこと自体は後悔していないんだ。彼は静かにそう言った。

「俺は二十七歳のとき、父の事業を継いだんだ。事情があって、父母がともに日本を離れてしまったからね。それで、急遽代替わりして父親の会社に入った」

それまでは大手の総合商社にいたのだと彼は言う。

「事業の後継は他人に任せる選択肢もあったんだけど、俺がそうはしたくなかった。俺は父がどれだけ自分の会社の仕事を大事に思い、心血を注いでいたかを知っていたから」

だから父親の会社に入り、事業の存続と発展に努めてきたと彼は語る。

「遣《や》り甲斐《がい》はすごくあったし、会社が成長していくために尽力するのは楽しかった。いまでもそれは変わっていないし、もっと俺にやれることを模索していくつもりでいる」

五年間、このひとはそうやって頑張ってきたのだ。たぶん学生の自分が想像できないくらいの苦労もきっとあったのだろう。

そんな想いで透里がじっと彼のほうを見つめていれば、相手がひょいと眉をあげてから言ってくる。

「もしかして、俺をねぎらう気持ちでいる？」

「はい」

「それはありがたいけどね。二十代の若造が突然その会社のトップである社長の座に就いたんだ。頑張るのはあたりまえだよ。それに、父の代からいた役員たちが俺を支えてくれたからね」

とはいっても、きっと大変な努力を重ねていまの彼があるのだろう。

そう思ったら、勝手に言葉が溢《あふ》れ出した。

「格好悪い話じゃないです。パンダさんは……」

そのあとがつづかないのが不甲斐ない。

「俺は？」

「その」

彼はまじまじとこちらを見たのち頬を緩めた。

「きみに褒められてうれしいよ。ますます頑張る気になった」

「褒めてませんが」

「でもそう思ってくれただろう」

どうしてそれがわかるのか。不思議だけれど彼の言うとおりなので、こっくりとうなずいた。

すると彼は晴れやかな笑顔を見せる。

「きみに褒めてもらえるのはうれしいね。なんだろう、寝顔まで見られている仲だからかな。もっと褒めてくれたっていいんだよ」

上機嫌で彼は言う。

「ほら、チョコレートをもうひとつどう？　あとね、次のときのお土産《みやげ》にリクエストがあれば言って。お菓子でもドリンクでも、いまならなんでも受付中」

自分の言葉――というほどの内容ではなかったが――それによって彼の気持ちがあがるのが謎だった。

彼ならきっと他人から褒められ慣れているのだろうに。

「それともどこかに行ってみるかい」

にこにこしながらたずねられ、透里は首を傾けた。

以前、濱田に誘われたとき、透里はどこへも行きたくないと相手に返した。

両親の初盆の前だから、そんな気分じゃないというのは変わっていない。

だけど……なんだろう。

このひとと外でも会いたいような気がする。

自分の部屋の添い寝客としてではなく。なぜだかそうしてみたいと思う。

「行く気になった？」

またも彼が透里の心を読んでくる。先回りでこちらの心情を語られても、なぜだか少しも嫌じゃなかった。

濱田もときどき透里の気持ちを先取りして決めつけてくるけれど、あれとはまったく種類が違う。濱田のは、すでに彼の思う答が用意されて、それに当てはめるためのもの。

くらべてパンダさんのそれは、透里の感情を注意深く読み取ってから、きみは本当はどうなのと聞いてくれる姿勢がある。

「この夏には、僕の両親の初盆があるんです」

ぽそりと言うと、パンダさんは驚いた顔をした。

「え。それは」

「だけど、行きたいです」

こんな言いかたではパンダさんは自分を誘う気をなくしてしまうかもしれない。

けれどもそれ以上の台詞が出ず、透里は目の前の彼を見つめた。

「きみの時間を俺に分けてくれるのかい」

ややあってから彼が問う。透里はこくんと首を振った。

「この部屋以外で俺に会ってもかまわない？」

「はい」

「どうしてって、聞いてもいい？」

「それは、わかりません」

われながらそっけない返答だった。パンダさんは苦笑して「わからないかあ」とかるく息をついてみせる。

「でも」

「うん？」

「あなたの笑顔が」

そこで声が途切れてしまう。言葉が出ずに困っていたら、パンダさんはしばし顎に手をやって考えるふうでいる。それから「うん」とうなずいて、

「俺もね、きみの笑顔が見てみたいよ」

ふざけた色もなく、真剣な口調だった。

「きみはきっと自分が思っている以上にいろんなことをかかえこんでいるんだろうね。それを知りたい気持ちはあるけど、無理強いはしたくないんだ。きみが言いたくなったときには

いつでも聞き役の俺がいる。そんなふうに考えてくれるかい」

パンダさんがいつでも聞き役をやってくれる。もしもそれが本当だったらうれしいけれど、このひとに聞かせられる話なんてなにもない。だって、自分は……。

「つまらないと思います」

「え。つまらないって、俺が？　話が？」

「僕が」

「ということは……きみは自分のことをつまらない人間と思ってるんだ」

透里は縦に頭を振った。パンダさんは「そうかなあ」と納得できないふうに言う。

「俺はきみほど不思議なひとに出会ったのは初めてだけどね」

でもまあ、ひとそれぞれの感じかたが、と言いかけて、パンダさんは「あ」と洩らした。

「それって、誰かに言われたとか？」

「それ、とは」

「つまらない人間だって」

それはある。かなり頻繁に言われた気がする。彼は透里の様子を見守っていたあとで、

「心当たりがありそうだね。相手が誰だか聞いてもいい？」

「濱田です」

本当のことだからそう言った。

「濱田って？」

「友達です」

「大学の？」

「もっと前から」

「高校それとも中学校？　もしくは幼馴染とか？」

「幼稚舎からです」

なるほどね、とパンダさんはひょいと肩をすくめてみせた。それから真顔をこちらに向けて、

「きみの友人の台詞にはぜひとも反論したいところで、けれども俺はきみに対して判断するだけの材料がとても少ない。このことはわかってくれるね」

「はい」

「だからね。俺はきみというひととなりをもっと知って、それから反証したいと思う」

どういう意味かはっきりわからず、透里は彼の言葉を待った。

「きみは俺とどこかに行ってもかまわないと思っている。さっきそう言ってくれたよね」

「はい」

「だったらこれからどんどん外へ出かけてみよう。いろいろなものを見て、いろんな感想を教えてもらって。そうすれば、俺も少しはきみという人間がわかるだろう？」

「あなたと外へ」

「うん。とりあえず近場がいいかな。ふたりでどこに出かけるか、まずは行き先を考えよう」


平日の夕方からですまないけれど、水族館に行ってみないか。

あのあと聞かされたパンダさんの誘い文句を承諾し、透里は待ち合わせにした駅へと向かう。時刻は五時五分前。駅なかの通路の途中で立ち止まり、ぐるっと辺りを見回すと、柱を背に彼が待っているのが見えた。

「あ……」

そちらに一歩踏み出して、気がついた。彼の前を通りかかる若い女性がなにか妙な動きをしている。

最初にパンダさんを見て、それから連れの相手のほうに話しかけ、なにやら興奮気味にしゃべり合いつつ何度も振り返ってから、ようやく立ち去る。

あるいは彼を見て、お互いにささやき合い、うれしそうに笑み崩れて浮き浮きと歩いて通る。

それを何組も眺めてから、そうかと透里は合点《がてん》がいった。

パンダさんが格好いいから、みんなの注目を集めているのだ。

こんなにもひとの多い場所にいるのに彼は少しも埋没することはない。ただ立っているだけなのに、上質なスーツを纏《まと》った彼は、そこだけが別空間であるようにものすごく存在感をあらわしている。

自分がいまからあそこに行くと思ったら、にわかに気後《きおく》れしてしまい、透里の足が通路の上から動かなくなる。

あのひとが待ち合わせをする相手が自分で本当にいいのだろうか。

そういえば、今日は白シャツに薄ベージュのコットンパンツ姿だった。長袖の白シャツは痩《や》せた身体に余裕がありすぎ、おそらくずいぶんとみっともないに違いない。

「きみ、ちょっといい？」

透里が立ちすくんでいたら、ふいに声をかけられた。

「あ。僕はこういうものなんだけど」

差し出された名刺は取らずに、相手の顔を見返した。すると、ワイシャツにスラックス姿の男が、息を呑んでぶるっと震える。

「あっ、いやいやそんな。悪いおじさんじゃないからね。警戒しないでくれるかな」

左手を顔の前でぱたぱたさせつつ、あせった顔で口早に言ってきた。

「ほら名刺。よっく見て。聞いたことある事務所でしょ」

「知りません」

もう一度目の前に突き出された紙片の文字に目を当ててからそう言った。

「あっそうなの。でも大丈夫。これからちゃんと説明するから」

だからお時間ちょうだいとせがまれて、透里はほとほと困ってしまう。

学校の行き帰り、透里がひとりで歩いていると、こういうことがよくあった。

なにかの勧誘だとは思うが、透里は英会話スクールにも新興宗教にも入る気はない。たいていはその場から小走りで逃げるのだが、いまはあのひとと待ち合わせを。

そういえばパンダさんはと思った直後、すぐ近くから声がした。

「失礼。この子にどんな用事かな」

相手のほうが背が低いから、幾分前かがみの姿勢だった。

パンダさんに割って入られ、男は極限まで目を見ひらいた。パンダさんを見、透里を見て「撮影?」と謎の言葉をつぶやいたあと、周囲をきょろきょろ眺め回す。

「行こうか、透里くん。近くまで来てくれてたのに気づかなくて悪かったね」

「あ。いいえ」

「ここから少し歩くんだけど、大丈夫?」

「平気です」

気遣ってくれる言葉にそう返し、彼について歩きはじめる。

「あっ待って」

背後で呼びとめる声かけに彼は反応しなかった。

透里も振り向かず足早に進んでいって、やがて赤信号の横断歩道を待つ段で彼が背後を確認して苦笑する。

「こういうのはよくありそうだね」

パンダさんが怒っているふうではないので、透里はひそかにほっとしながらうなずいた。

「僕はとろそうに見えるから」

言うと、彼は「ん？」と疑問を表わした。

「えっと、きみ。いまのはなんだと思ってる？」

「なにかの勧誘です」

パンダさんは少し沈黙していたあとで、まさかという顔で口をひらいた。

「これまで一度もわからないまま過ごしてきたの？」

「なにをでしょうか」

「なにって、スカウト……いや。いいんだが。さっきみたいな出来事も多かっただろう」

「さほどには」

それだけ言って、さすがに愛想がない気がした。せっかくパンダさんが外に誘ってくれたのに。そこで透里は頑張って説明してみる。

「大学に入るまでは、たいてい濱田ともうひとりの友達と一緒に行動していたので」

「学校の行き帰りとか、どこかに遊びに行くときとかも？」

「はい。それに、僕はめったに遊びに出歩くこともなかったですから」

するど、彼は眉の間に皺を寄せた。

「きみはどこか身体の具合が悪いのかい」

「いえ。僕のほうは健康ですけど」

「けど？」

「母に持病があったから、僕もなんとなく外に出る気がしなかったんです」

「そうか。それは、言いにくいことを言わせてしまってすまなかったね」

「いえ、いいんです」

自分が出不精なのはそのためばかりではなかった。

街中に出て、他人にじろじろ見られるのも気が重かったし、そのうえに声をかけてくる大人たちを追っ払ってくれはしたが、あとでかならず不機嫌になる濱田の嫌味を聞かされる羽目になるとわかっていたから。

「走って逃げるのは得意なほうです」

「きみが走って？」

「はい」

信号が青になり、ふたたびふたりは歩きはじめた。しばらく行ってから、パンダさんが話しかける。

「だったら、俺からひとつ提案」

坂道を歩きながら、透里は「なんですか」と男を見あげる。

「次からは俺のところに逃げてくること」

「あなたのところに？」

「そう。それこそすばやく走ってね」

透里はその場面を想像してみた。わけのわからない勧誘を受けたとき、ひとりで闇雲に逃げるのではなく、走る先にこのひとがいるのなら。

それはとても……安心できるのじゃないだろうか。

「そうします」

透里が言うと、パンダさんはよくととのった男らしい顔立ちによろこびの色を浮かべた。

「うん、ぜひそうしてくれ」

約束だよと念押しされて、それにも同意しているうちに水族館に到着した。

入り口で入場料を払うのに彼が先に窓口に行ってしまって、透里はあわててチケットを渡してくる手のほうに代金を差し出した。

「ここは奢《おご》らせてくれるかな」

唇を笑みのかたちにして彼が言う。

「ですが、僕の入場料で」

透里が主張してみると、パンダさんは少し困った顔をしてから、妥協案をしめしてきた。

「だったら、この水族館の感想を俺に教えて」

「感想ですか？　でもそれだけでは」

「なにを言うんだ」

彼は真面目《まじめ》な顔つきで反論してくる。

「自分の想いを言葉にするのは簡単なことではないよ。感情を言語化するのはかなりのスキルが必要だ。充分に入場料の代価足りえる」

なるほどと納得する手前の気分で透里はうなずく。

彼の言うことはまったく間違っていないのだが、そうすると自分はこの水族館の感想を彼に伝えなければならなくなる。

そんな真似ができるだろうか。いつもみんなに――おまえはなにを考えてるかさっぱりだ――と言われているのに。

「どう。大丈夫？」

心配そうに彼が聞く。透里はしばし迷ったあげくに「できます」と請け合った。

みんなと自分が思うのは、濱田と身内の一部じゃないか。

かえりみれば、いかにもせまく閉ざされた自分の世界だ。せっかくパンダさんがそこから連れ出してくれたのに、試してもみないうちからおじけづくのはどうだろう。

「じゃあ、入場。っと、いまさら確認してみるのもなんだけど」

そう前置きして彼がたずねる。

「ここは以前に来たことがある？」

「いえ。学校の行事とかでこれとはべつの水族館には行きましたけど」

言うと、彼がうれしそうな笑顔を見せた。

「じゃあ俺とが初めてになるんだね」

「はい」

「うん、そうか。じゃあ行ってみよう」

彼の言葉を合図に入ってみたこの場所は、都心とは思えないほどさまざまな魚たちで満たされていた。

透里は透明のトンネルをくぐりながらめずらしい魚を眺め、カラフルな水槽におさめられたいろんな種類のクラゲを見つめた。

このコーナーは照明を暗くしていて、水槽にふわふわと漂っているクラゲたちをより幻想的に飾っている。

透里が思わず見とれていると、いつの間にかパンダさんの姿が見えなくなっていた。

「あ……」

どこに行ってしまったのか。心細さに襲われて、慣れない感情にも戸惑った。

いったいどうしたんだろう。誰かが傍《そば》にいないからって、こんなにも心もとなくなるなんて。

落ち着いて。独りは平気。いまさらだ。大丈夫。

自分にそう言い聞かせて立っていたら、長身の人影がこちらのほうに向かってくる。

「そこの売店でドリンクを買おうと思っていたんだけれど、結構種類が多かったから迷って」

言いさして、彼が透里を覗きこむ。

「どうしたの？」

「いえ。なんでも」

否定はしたけれど、空元気《からげんき》すら出せなかった。パンダさんは「悪かったね」と言いながら透里の頭をそっと撫《な》でる。

「離れるのなら、断ってから行くべきだった。もうこれからは勝手にどこかに行かないから」

これじゃまるで甘えている子供みたいだ。

さすがに恥ずかしくなってきて、透里は呼吸をととのえた。

「僕がドリンクを買ってきます」

なんでもないふうをよそおって発したが、彼は目を細めつつ「一緒に行こう」ともう一度頭を撫でる。

「それと、ほら」

言って、彼は手のひらを上にして差し出した。

「また俺がはぐれないように手を繋いでいてくれないか」

透里は彼のワイシャツの袖口から先にある大きな手を見、そのあと彼の顔を見つめる。手を繋ぐのは、お互いが離れないため。それなら必要で、おかしくない。

透里が彼の手を取ると、乾いてあたたかな感触に包まれた。

「すまなかったね。いつもはもう少しましなエスコートができるんだけど。きみ相手だと、変に緊張しているみたいだ」

パンダさんは自分を不安にさせたことをふたたびあやまってくれたけれど、そのことで透里の心に妙な感覚が生まれてしまう。

いつもは、と彼は言った。こんなふうに手を繋いで誰かといるのも一度や二度ではないのだろう。

もちろんそれは不思議なことでもなんでもなくて。このひとくらい格好いい大人の男が、そうした経験がないほうがむしろおかしい。

「透里くん？」

いつの間にかうつむきがちになっていて、彼の問いかけで視線をあげる。

「気分でも悪くなった？」

「いえ。大丈夫です」

「そう。だったらひとまずそこのベンチに座ってて」

「あなたは？」

「そこで飲み物を買ってくる。きみは、えっと。アイスティーがいいのかな。それともジュース系がいい？」

「アイスティーをお願いします」

透里が応じると、繋いでいた手を彼がひらく。

「あ……」

自分から離れていくその所作に知らず頼りない声が出たのか、すぐに彼が困ったふうにもうれしそうにも見える表情でささやきかける。

「すぐに戻る。ここにいれば、行って帰る俺の姿が見えるからね」

そうして彼は透里を座らせ、長い脚で売店のほうへと向かう。姿勢のいい彼の背中を眺めながら、透里は恥ずかしさに身を縮めた。

本当にどうかしている。これじゃまるで駄々をこねる子供のようだ。

「はい、お待たせ」

ほどなく足早に戻ってきたパンダさんが、透里にプラカップのドリンクを差し出してくる。

透里は「すみません」と言いかけてからそれを半ばに口を閉ざした。

謝罪の文句を口にすれば、きっとこのひとはこちらを思いやる言葉をくれる。そうとわかって、あやまるのはずるいだろう。ではなくて、いまの自分が言うべきことは。

「ここのクラゲはふわふわしていて、透き通っていて綺麗です。こんな展示の水族館は初めてだけど、すごくいいなと思いました。あと、透明な水槽のトンネルもすごかったです。まるで自分が海の中に入ったみたいで。下から魚を眺めるのって、わくわくするものなんですね」

いっきにしゃべってわれに返った。

小学生の感想文かの透里の台詞を、しかし彼はやさしい笑みで応じてくれる。

「気に入ってもらえたみたいでうれしいよ」

それから透里の頭を撫でて「いい子だね」とも。

「っと。これはごめん。子供扱いしすぎたね」

透里は「いいえ」とすぐ目の前にある男の顔を見つめて返す。

「子供扱いされるのは嫌じゃないです」

このひとにこうして頭を撫でられるのは嫌いじゃない。パンダさんの手のひらからほわほわする感覚が伝わってくるみたいで。

あたたかな彼の人柄。この面倒見のいい性格は、どんなふうにつくられたものだろうか。

それが無性に知りたくなって、唐突だとわかっていながら思わず透里は問いかける。

「パンダさんのご実家は都内でしょうか」

プライバシーにかかわることで、不躾かもしれないが、それを教えてほしかった。

彼はしかしすぐには答えず、黙ってまじまじとこちらを見るから、きまり悪さと恥ずかしさがこみあげてくる。

やっぱり詮索すべきじゃなかった。知りたがりの子供みたいな真似をした。

けれども彼はしばらくのちに、頬を緩ませて言ってくる。

「俺について聞いてくるのはめずらしいね。たぶん初めてのことじゃないか」

「そうでしょうか」

「うん。それで、実家のことだったね」

彼は昔から高級住宅地として知られた地名を口にして、いまは自分がそこに住むと教えてくれた。

「大学に入ってからいったん家を出たんだけれど、五年前にまた戻ってきたんだよ」

現在はひとり暮らしと彼は言う。

「五年前って……もしかして、ご両親が日本を離れてからですか」

「そうなるかな」

パンダさんは簡単に答えてから、手にしたカップに視線を落とした。そのあとふっと苦笑しながら透里のほうに向きを戻す。

「そんなふうに悪かったって顔をしない。踏みこまれたとは思ってないよ。むしろ聞いてほしいんだけど、それはまたあらためてでかまわないかな」

それでもいいかいと彼に問われて、一も二もなくうなずいた。

「はい。いつでもいいです」

「ありがとう」

彼は微笑んでから、カップのアイスコーヒーを飲み干すと、透里がアイスティーを飲み終えるのを待ってから立ちあがった。

「クラゲが気に入ったのなら、もう少し近くで見ようか」

そのうながしで、彼とカラフルにライトアップされている水槽を見て回る。

クラゲのかたちも泳ぎかたもさまざまで、透里はそれらを興味深く眺めたけれど、そのことはべつに彼の気持ちが少し変わっているのにも気づいていた。

透里が実家のことを聞く前、彼はおだやかにくつろいでいるふうだった。手を繋いでもらったときにはほわほわした感触が伝わってきた。

けれどもいまは少しばかり鬱屈《うっくつ》した感情があるようだ。外にではなく、内側に沈みこむような彼のそれは、やはり自分が妙な詮索をしたせいか。

申し訳ない思いで彼の様子を窺えば、相手は透里と目を合わせたあと、微苦笑を頰に乗せる。

「もしかして、俺の気分を拾ってしまった？」

質問ではない口調だった。

「やっぱりきみは敏《さと》いんだね」

「……すみません」

「どうして？　あやまるのはこちらのほうだよ」

幻想的に輝く水槽を眺めながら彼が言う。

「ちょっとばかり思い出したことがあって。遊びの最中に悪かったね」

そうして彼は切り替えたとわかる調子で言葉を継いだ。

「それよりも、まだ見ていないコーナーに行ってみよう。それにイルカのショーだって。あれは綺麗ですごいらしいよ」

明るい表情で告げながら彼が水槽から踵《きびす》を返そうとする。とっさに透里は彼の上着の布地を摑《つか》んだ。

「透里くん？」

「あ……すみません」

このひとを引きとめて、自分ごときにいったいなにが言えるのか。

伝わらない。伝えられない。あのときも、またあのときもそうだったのに。

「イルカのショーは楽しみです」

手を離し、ややあってからようやく出てきた透里の台詞は本心ではなかったけれど、そもそも本心と言えるほどのなにかがあるわけでもない。

うながされれば進もうとして、しかし彼は歩き出そうとしなかった。

「ちょっとだけ話していい？」

彼の表情は真剣で、それに圧《お》されて同意する。

「はい。どうぞ」

「思いっきり主観的で、的外れかもしれないけれど。いまのきみを見ていたら思い出したことがある」

なにをだろうかと不安になりつつ言葉を待てば、彼はおもむろに自分のなかにあるものを手繰《たぐ》り寄せるように語りはじめる。

「そうだね。どこからどんなふうに話せばいいのか。まだ俺が父の会社を引き継ぐ前、総合商社にいたときのことだけれど」

長身の男は浮遊するクラゲを眺めて、その折の出来事を打ち明ける。

「俺の担当地域は発展途上の国でね。農作物の買いつけに訪れたその場所では子供がたくさんはたらいていたんだよ」

当然環境は劣悪で、乳幼児の死亡率も高く、どうにか生き延びても学校で学ぶことは夢のような状態だったと彼は言う。

「フェアトレードなんて言葉はあるけど、そもそも地域ぐるみで食うや食わずの生活だ。俺が次に訪れたとき、売られた子供や亡くなった子供の話を聞かされるのはめずらしくない。青くさい感傷かもしれないけれど、俺はそのたびになんとも言えない気持ちになってね。総合商社を辞めて父の会社を継ごうと決心したのも、そのときの経験が影響していたかもしれない。せめて自分の会社では輸入をおこなう地域に多少なりとも貢献できる買いつけをしようって」

ほろ苦い表情で彼は言う。

「で、ここまでが前置き。ここからが的外れかもしれない俺の感想」

端正な男の顔がこちらを見つめる。

「さっきのきみを見ていたら、あのときの子供たちを思い出した。もちろんきみとあの子たちの環境は違うんだけど。きみはあの立派なマンションに住んでいるし、高い教育も受けている」

だけどね、と彼はつづける。

「きみの風情《ふぜい》やまなざしが俺にそう思わせるんだ。あきらめが早いのは、自分の言葉を呑みこむ癖がついているのは、そうするだけの経験があるからだって」

勘違いだったらごめんと彼は言う。

「俺の知っていたあの子たちは本当にいい子たちばかりだった。親に従順で、兄弟にはやさしくて。だけど、そんな子供たちから先にいなくなっていく。きみには失礼な思い違いをしているのかもしれないけれど、俺はあのときの無力感をいまだに忘れられないんだ」

これでおしまいと彼は告げる。

「おかしなことばかり言ってしまってすまなかったね。今度こそイルカのショーに行ってみようか」

「パンダさん」

動きはじめた彼の所作を言葉でとどめる。

なにを言えばいいのかはわからない。だけど、自分に明かしてくれたこの話を流してしまい、表面的にはなかったことにしたくなかった。

「あなたのそれは的外れじゃないのかもしれません」

声が喉に絡まって、おぼつかない言いようだった。

明るい雰囲気に戻そうとした彼のせっかくの気遣いを無駄にして、それでもいまの自分の気持ちをこのひとに届けたかった。

「あなたの言われたとおりなのかもしれません」

あきらめが早いのも、言葉を呑みこむ癖があるのも、そうするだけの経験があるからだ。

「透里くん……」

低く洩らして、彼はこちらを見つめてきた。

「それはいったいどういうことかな」

彼のうながしに、透里はぼそぼそと語りはじめた。

「僕のお母さんはもともと身体が丈夫じゃなくて。僕を産んだそのあとは、寝たり起きたりの生活になったんです」

そこまで言って、自分の話をべらべらしゃべっていいものか迷ってしまう。

「聞かせて」

しかし、彼が口をつぐんだ透里に告げる。肩を回してねじった半身をこちらに向かわせ、真剣なまなざしで話の続きを待っている。彼の気配に圧されて透里は言葉を継いだ。

「僕が高校二年生になったとき、お母さんに悪性腫瘍が見つかって、そこからはさらに身体が衰えていきました。入退院を繰り返し、元から細かったのがもっと痩せて、お母さんは父さんに離婚してくれと頼んだんです」

「だけど承知はしなかった？」

「はい。ふたりが一緒にいるときはお母さんは父さんしか見ていなかったし、父さんもそうでした」

「ほかの誰も必要がない、完璧《かんぺき》に閉ざされたふたりの世界？」

「そうです」

ああこのひとにはわかるんだ。間違いなく伝わっている。

ほっとして、指先が冷え切っている感触をしばし忘れる。

「今年の冬、両親は交通事故で亡くなりました。ホスピスの病棟に移る前に、ドライブに行ったんです。あとで聞いたら記念の場所、ふたりが初デートをした海に行ったということでした」

「それは……」

端正な男の顔に陰りが生じる。いまこのひとがなにを想像しているか、透里にはわかっていた。

「事故かそうでないのかは結局不明のままでした」

その理由も原因もはっきりとしないままにふたりが一緒にいなくなった、その事実だけが残された。

透里には関係ないことと言わんばかりに。父も母も自分の想いをなにも伝えないままに。

でもそれはしかたない。

自分はふたりにとって、いらない人間だったから。

「きみは、その」

そこで言いやめたパンダさんはなんとも判断しづらい表情で透里を眺める。

怒っているような、哀しんでいるような、それでいてやさしい、なんとも不思議な気配を感じた。と、ふいに彼が顔を背ける。そして透里がなにか思う暇もなく、彼がぼそりとつぶやいた。

「そうだ、そうしよう」

透里がその意味を摑みかねているうちに、ふたたび彼がこちらを向いた。

「きみは俺とこうしているのは嫌じゃないかい」

「はい」

「だったら、これからも一緒に遊びに行かないか。思いつくまま、きみの行きたい場所ならどこでも」

「僕は特に行きたいところは……」

「じゃあ、映画館。いや、動物園のほうがいいかな」

「動物園、ですか」

「きみは俺をパンダさんと呼ぶだろう。パンダはまんざら嫌いでもない？」

パンダは確かに嫌いじゃない。むしろ可愛いと思っている。

表情で答えを読んだが、彼が視線に熱をこめてたずねてくる。

「きみの言うパンダさんとパンダを見に行く。このアイデアをどう思う」

パンダさんと、生きているパンダを見る。その思いつきにふっと心が和んだ。

「一緒に行ってくれるなら」

どう誘えばいいのかと迷う顔をしていたあとで、彼は突拍子もないことを言い出した。

「動物園に行くときにパンダの着ぐるみを着てきてもいい？」

これには驚いた。こんなに格好のいいスーツ姿の男のひとが、パンダの着ぐるみで動物園に行く？

想像したら、ますますとんでもないことに思われた。

「パンダさん」

「うん？」

「着ぐるみは暑いです」

「暑くてもいい」

「普段のあなたのほうがいいです」

「そうかな」

「はい」

それだけでは不充分かと考えて、思いつきを口にする。

「着ぐるみで隠すのはもったいないです」

これはいつわりのない気持ちだったが、彼は唇の両端を下に曲げた。怒ったのかなと思ったけれど「いきなりそういうことを言わない」となんだか照れたふうなので、透里も視線が泳いでしまった。

「すみません」

「あやまらなくてもいいんだけどね」

「そうですか」

皮膚の下が妙にむずむずする感じ。これはいったいなんだろう。

どこかくすぐったくて、目の前の水槽がとても綺麗で。

透里はこの時間がいつまでも続けばいいとそんなことを願ってしまった。


その翌週、透里はパンダさんと約束どおり動物園に出かけていった。

ゾウは大きく、キリンはすごく首が長く、ホッキョクグマは愛嬌《あいきょう》がある。それくらいしか感想が言えない透里を、しかし彼は面白がって、楽しそうに園内を回ってくれた。

「ほら、透里くん。あれ見てごらん。なんだと思う？」

「カバですか」

「う～ん、惜しい。あれはサイだね」

名前を外しても彼は馬鹿にすることなく、機嫌よく反応を返している。そのうえに、喉は渇かないか、疲れていないかと、こまやかな気遣いをしめしてくれた。

こんなに甘やかされてもいいのかとふと心配もおぼえるけれど、彼がにこにこしたままなので、透里もなんだか浮いた気分になっていた。

「今度はパンダを」

「うん、いいよ」

めったにないことながら、透里は自分からせがんでそちらのほうに向かう。

まもなく着いたこの場所は、動物園の目玉になっているだけあって、とても大きな施設だった。入り口から通路を歩き、パンダの部屋がある室内を通っていけば、今度はひらけたところに出る。放し飼いができるように竹林もある広いここでは三匹のパンダがのんびり過ごしていた。

親子連れでにぎわうパンダ舎の見学順路を進みながら、パンダさんが「あれが子供のパンダだよ」と木製遊具の上にいる小柄な一頭を指さした。

「どう?」

「あ。可愛いです」

だけど、それ以上に自分が添い寝のときに見る子パンダのほうが可愛い。

そんなことを思ってしまって、透里はついパンダさんの顔を見あげた。

あのパンダはこのひとの記憶にあるものだから、かつてどこかで彼は実際に見たはずだった。

透里はひとの流れに沿ってゆっくりと歩みながら聞いてみる。

「いまじゃないときに子供のパンダを見たことがありますか」

彼はさりげなく自分の身体で透里を人波からかばいつつ宙に視線を投げあげた。それから
「そうそう」というふうに頭をちいさく動かしたあと、

「マドリッドの動物園だ。子供のときにあそこで家族と見たおぼえがある」

「ご家族と」

「うん。すっかり忘れていたけれど、そんなこともあったみたいだ」

少しだけ彼の表情に陰が差したと感じたのは気のせいか。

添い寝のときの幻に出てくるほどいい想い出のはずなのに。それが不思議で、透里はまじまじと彼を見た。

「きみはやっぱり敏感だね」

ふっと彼が苦笑して、透里のまなざしから顔を背ける。その仕草で追及すべきことではないと腑《ふ》に落ちた。

余計な質問をしてしまった。そもそも聞くべきではなかったのだ。

透里がひそかに悩んでいたら、彼がポケットからスマホを出して、明るい調子で言ってくる。

「ほら、透里くん。パンダと写真を撮ってみるかい」

「あ、ぼくは」

なにもできないままにまた気遣われた。

とっさに反応できないで立ちすくむと「嫌かな」と聞かれてしまう。

「いいえ」

言って、透里はひらめいた。

「僕が撮ります」

「え、そうかい」

「撮らせてください」

「だけど、せっかくだからやっぱり俺よりきみのほうが」

押し問答をしていたら、横から「あのう」と遠慮がちな声がした。

「よかったら、撮りましょうか」

申し出てくれたのは中年夫婦の女性のほうだ。とっさにふたりで顔を見合わせ、それから厚意に素直に甘えることにする。

「ありがとうございました」

別れてから撮ってもらった画像をふたりで確認すると、画面は人物中心でパンダは見切れてあるかなきかのありさまだった。

「あーうん。まあ……遠くにいたし、移動する最中みたいだったしね」

取りなす口調で彼が言う。

いまこそ気ばたらきを見せるときかと、下手くそながらフォローした。

「でも。ちいさくてもパンダはパンダで」

彼は（お）というふうに眉をあげ、うれしそうにうなずいた。

「そうそう。白黒のもやもやみたいでもいちおうパンダ」

「パンダと、僕と」

「パンダさん？」

「はい」

「よかったね。いい記念だ」

思ったとおりにうまくいかないことだって、彼といればこうやって楽しめる。

それに少しは明るい雰囲気を取り戻すことができた。

透里はこっそり安堵しながらパンダ舎を彼と出た。

「このあとはどうしよう。なにか食べに行くでもいい？」

「はい」

そうしてふたりは園内の食堂を目指していった。店に入り、向かい合って席に着くと、彼がメニュー表のなかからこれはどうかと勧めてくる。

「甘いものは嫌いじゃないよね」

「はい」

彼が注文してくれたのは『パンダちゃんホットケーキ』で、二段重ねのホットケーキにたっぷりの生クリームと、パンダの顔形のチョコレートとがトッピングされている可愛らしい代物《しろもの》だ。

実際に運ばれてきたそれを前に思わず目を丸くすると、彼がからかうように言う。

「今度のパンダはぜひ俺に撮らせてくれ。きみの姿も見切れず撮ると約束するよ」

「僕も一緒に撮るんですか」

「嫌かい？」

「いいえ」

写真を撮られるのは、じつのところ好きではない。街を歩いているときや大学の構内で、勝手にスマホを向けられることもあって、煩わしいと感じる場面が多かったのだ。

でも、こうやってこのひとのスマホに自分が収まるのは、なぜか少しも嫌ではなかった。

「ほら、ごらん。綺麗に撮れたよ」

これを待ち受けにしておこうかなと彼が言うから、自分も彼の画像が無性に欲しくなった。

「僕も」

「うん？」

「あなたの写真が」

「俺のもきみが撮ってくれるの？」

「はい」

「それはうれしいね」

彼はそう言ったあと、透里のほうを眺めて首を傾ける。

「スマホを出さないということは、もしかしていまじゃない？」

「はい」

「それならいつ撮ってくれるつもりかな」

「動物と」

「そうだね。動物園だしね。じゃあ、どの動物と撮ってくれる？」

透里はトッピングのパンダチョコレートとにらめっこで考える。

トラか、ゴリラか、ホッキョクグマか。それともゾウか、カピバラか。

熟考の末、透里はキリンを選んだけれど、キリンと彼をおなじ画面に収めようとしたあげく、パンダさんの首からトが見切れてしまう最低の絵面《えづら》になった。

「すみません」

「いやいや、いいよ。ぜひこの写真を俺のスマホに送ってくれ」

愉快そうにくつくつと笑いながら彼が言う。

「めったにない生首写真だ。記念にぜひ取っておきたい」

自分の失敗を面白がられてからかわれても、ちっとも気まずい思いはしない。

むしろこれほど愉快な気分はおぼえがなかった。

「透里くん」

「はい」

「楽しんでいる？」

「はい」

「本当だ。目のところがキラキラしてる」

透里の心情を汲《く》み取って彼がこちらを覗きこむ。

「あのね、透里くん」

熱っぽいまなざしの彼が言う。

「こうしてきみと会えば会うほどもっときみを知りたくなる。それに俺のことについても、もっとたくさん知ってほしい」

だからね、と真摯《しんし》な面持《おもも》ちで彼がつづける。

「もしよかったら、来週の水曜日、俺につきあってもらえないか」

「水曜日は」

大学の講義がある、そう言いかけて透里はべつの言葉を発した。

「大丈夫です」

「そう？　無理して合わせてるんじゃなく？」

「はい」

うなずいてから、なにか言い足さねばと思った。

「何時か……」

「うん？」

「教えてもらえればその時間に出向きます」

「上出来だ」

彼はやさしい顔をして、透里の頭を撫でてくれた。


日曜日の晩、甲斐谷が電話をかけたのは自称人材斡旋業者のセジュンだった。

『はいはい、こんばんは。ご用の向きはなんでしょうかね』

「透里くんについてだが」

『添い寝の仕事をやめさせろはなしですよ。当人からの申し出なしには受けつけられませんからね』

「そうじゃなく、添い寝の仕事を入れられる日はすべて俺が買い取りたい」

『この先ずっと?』

「そうだ」

『へえ。ずいぶんとまあ入れ込んだもんですねえ』

揶揄する台詞を甲斐谷は無視して告げる。

「これはいちおう伝えておくが、透里くんとは個人的に外でも会った。今後も彼が承知するなら互いの理解を深める機会を設けるつもりだ」

『反論の余地なし、ですか。まあこちらとしては最低限のルールを守ってくれるなら口出しする気はありませんが』

ただし、とセジュンは軽い調子で言葉を重ねる。

『あの子から苦情が来たら、どうあっても手を引いてもらいます』

これは口ばかりの脅しではないのだろう。浮薄な感じをいつもはよそおっている男だが、彼からは底の知れない気配を感じる。

「わかっている。透里くんの嫌がることをする気はないんだ。ただ俺は」

『なんです？』

「あの子は無意識にいろんなことを我慢してきた。求める前にあきらめてきた。たぶんこれまでがずっとそうで、きっといまもそのままだ。できれば俺はその手を取って、明るいところに出してやりたい。欲しいものは自分で摑みに行ってもいいと、そんな世界があるんだと彼自身が知る助けになりたい」

『ははあ。ご立派なお考えで』

皮肉を交えてセジュンが言う。

『で、眠り姫をキスで起こす王子さまの気分ですか。青春を感じられていいですねえ』

いい歳をして、と言外ににおわされ、しかし怒る気にはならなかった。

セジュンが揶揄する気分になっても無理はない。透里に頼まれてもいないのに、前のめりに彼の欲しいもの探しをする。

自分は勝手な思い込みで余計なことをしているのかもしれなかった。

「確かに王子気分になるには俺はいささかとうが立ちすぎているようだ」

淡々と通話の音声をスマホに吹きこむ。

「だが、にぎやかしのパンダ程度の代物でもいないよりはましだろう」

一拍置いてから相手の声が聞こえてくる。

『あなたがパンダ？』

「らしくないかい」

『それ、あの子がそう言ったんですか。あなたのことをパンダって』

さすがに察しのいい男は、ほぼ事実を感知する。甲斐谷は「まあね」と応じてから、今日の用向きをもう一度口にした。

「添い寝の客は俺以外に取らせないでもらいたい。そのために必要な条件を提示すれば俺は呑むつもりがある」

『そうですねえ』

セジュンはしばし沈黙してから、言葉をこちらの耳へと送る。

『一億円、と吹っかけたいところですが、それはわたしの流儀に反するところなんで。ま、当分成りゆきを眺めさせてもらいますよ。もちろん添い寝の代金は規定どおり支払ってもらいますがね』

甲斐谷に否やがないのを確かめてから、セジュンは通話を終わらせた。

自分の部屋でスマホを手に、甲斐谷は虚空を見あげる。

「慎重に、冷静に。たしかにそうだな」

自分の思い込みだけであの子を振り回し、困らせたいとは思わない。

なにをすればあの子のためになるものか。もっとも最適な方法を考えよう。

約束の水曜日。透里がパンダさんに伴われてやってきたのは、表参道《おもてさんどう》のとある店。ビルの三階にあるこの場所は入り口をくぐるとすぐに外国人スタッフが「ボナセーラ」と挨拶してくる。

おなじくイタリア語でそれに応じるパンダさんの発音はなめらかで、彼の外見も相まってもはや日本人には思えないほどだった。

「今晩はスペシャルなワインが用意してあるそうだ」

パンダさんは慣れたふうに店内を進んでいく。ここの内部は手前がバーエリアで、奥のほうにレストランエリアが広がっているようだ。

ふたりしてバーエリアに入っていくと、そこにいた人達のほとんどが外国人で、パンダさんを見つけるとそれぞれが寄ってきて握手やハグで歓迎してくる。

人懐こい彼らは透里にも抱きつこうとして、その直前にパンダさんにとめられた。

「透里くん。俺のすぐ脇にくっついていて」

パンダさんが透里の腰に腕を回して、自分の身体でかばってくれる。

見知らぬ人間が次から次へと現れては、フレンドリーな反応をしめしてくるのに圧倒されて、透里はほとんどパンダさんにしがみつかんばかりの姿勢だ。

途中で行き会った大柄なヒゲの男が、その姿を見てニヤニヤしながらなにか言う。

透里がまなざしでその言葉の意味を問うと「うん、まあね。ただの挨拶」となんとも曖昧な返事が戻る。

「それよりも、もっと奥に行かないか」

このあとも頻繁に話しかけられ、パンダさんがそれに応じつつ足を進める。やがてふたりがカウンターの端まで行くと、ようやく挨拶の連打が収まり、透里はほっと息をついた。

「悪いね、びっくりしただろう」

壁際に立たせた透里を自分の背中で隠しながら彼が言う。

「いえ。平気です」

「そう？」

サックスブルーのジャケットにスラックスのパンダさんは、視線を斜めに透里の顔を覗きこむ。

「大丈夫そうだけど、人酔いして気分が悪くなりそうだったら言うんだよ」

ずいぶんな過保護を発揮するこのひとは、少しばかりカジュアルな服装が今晩も決まっている。

「ん、どうしたの？」

こちらもプライベート用だろうか、彼はフェイスにギミックを効かせた腕時計をはめていて、その手を伸ばすと透里の頬に触れてきた。

まさかこのひとに見惚《みと》れていたとは言えないで、透里は「なんでもないです」と首を振る。

「ならいいけれど」

気遣わしげな目線をくれて、それからおもむろに肩を回した。

「あ。そろそろはじまるみたいだね」

姿勢を変えた彼の後ろから窺えば、茶褐色の髪をした三十歳前後かと思《おぼ》しき男が皆を見渡せる場所に立ち、挨拶をはじめようとマイクを持ったところだった。

助かることにこのスピーチはイタリア語より意味のわかる英語なので、彼が店のオーナーで、今夜はイタリアワインの生産者を囲む会を催したのだと聞き取れた。

なるほどバーエリアにもうけられた十卓ほどのテーブル上にはワイングラスがいくつも準

備されている。

次に挨拶に立った男は日本人で、その自己紹介で彼がインポーター、つまり輸入業者であること、今夜の会は現地では特に人気のあるワイナリーの紹介とその生産品を広めるための交流の場だと語った。

「イタリアにはまだまだ日本人に知られていない素晴らしいワイナリーとワインがあります。どうかこの催しを通じて、新しい出会いを発見できますように」

それを締めくくりに店内にいるみんなが拍手し、そのあとはそれぞれにワイングラスに手を伸ばす。

「あちらの長テーブルに食べ物が置いてある。一緒に取りにいかないか」

彼に誘われて行ってみれば、白いクロスがかけられたテーブル上にはさまざまな料理が大皿に盛られた状態で置いてある。

「のんびりしてるとなくなってしまうからね。最初にいくつかもらっておこう。きみが苦手な食材は？」

「特にないです」

「そう。好き嫌いがないのはえらいね」

こんなささいな事柄も褒めてくれるパンダさんは、取り分け皿に何種類かの料理を取って渡してきた。

「これがグリーントマトとボッコンチーノのカプレーゼ、こっちが貝柱の香草焼きで、こっちのがポルペットーネ、ナポリ風肉団子だよ」

「はい」

イタリアの料理だろう。これらはとても美味しそうだ。

「まずはカプレーゼとマリアージュするワインを探していただこうか」

パンダさんが選んだのは白ワイン。すっきりとした飲み口で、料理にもよく合った。

ここはビュッフェスタイルだから、立ったままでグラスを口に運んでいたら、体格のいいヒゲの男がパンダさんに話しかける。それに彼が笑いながらひと言ふた言応じれば、相手は彼の背を叩き、ウインクして離れていった。

なんだろうと思っていれば、彼がまだ微笑を残して答えてくれる。

「未成年に酒を飲ませちゃ駄目だって言われたよ」

「でも、僕は」

「うん。だからちゃんと説明した。きみは立派な大人で、俺のパートナーとしてこの席に来る資格があるんだって」

立派な大人。透里は思わずまばたきした。

このひとが自分のことをそんなふうに言ってくれた。それはとても……うれしいことだ。

グラスを手に透里が固まったままでいたら、パンダさんがひとつ咳払いして言ってくる。

「パートナーと伝えたのは、今夜の連れだということで、その、おかしな意味合いじゃないからね」

「おかしな……？」

「ああ。わからなければそれでいいんだ。次のワインをもらいに行こうか」

「はい」

あらためて眺めてみると、この会は年齢層が高めだった。透里のような大学生はいない感じで、黒いドレスの女性たちもそれなりの歳に見える。

「どうかした？」

モノトーンに身をつつんでいる大人たちは、間接照明の光の下で楽しそうに語らっている。素敵だなと思うと同時に、なにか不思議な感覚がする。

なぜか懐かしいような。どこかで自分はこの光景を。そんな感覚が透里の記憶を揺り動かした。

あれはいったいなんだろう。求めて考えて、ちらちらと見え隠れする想い出に手を伸ばす。

……そうだ。あの景色。自分はたしかにあれを見たことがある。

「パンダさん」

見つけたものを伝えたくて、無意識に宙を手探る。その手を握られ、もう一度「どうかしたの」と訊ねられた。

「こんな光景を見たことがあるんです」

言葉が勝手に紡《つむ》がれる。意識はすでに記憶の側により近く、しかし繋がれている自分のこの手がこちら側に自身を留《とど》める。

「お母さんと父さんが……そうだ。あんなふうに……」

透里の母は黒いドレス、父親は白いシャツにダークグレーのスラックスを身に着けていた。

あの光景はいつのことか。そう、たしか……。

「お母さんの誕生日、だったはず。夕食後、僕は自分の部屋に戻って、だけどなにかで部屋から出てきて、そうしたらふたりがあの姿でワインを飲み交わしていた」

「あの姿？」

「あとで聞いたら、お母さんの誕生日にはいつもそうしていたんだって。誕生日にプロポーズをされたから、その日は似たような服装でプロポーズの年のものを毎年飲む。そういう約束にしているって」

なかば無意識に透里は答えた。

「僕は、あの中には入れなくて。遠くから眺めることしかできなかった。とても綺麗で……だけど僕には手が届かない」

いつもそうだった。自分には無理なことだとあきらめて、見つめるだけが精いっぱいで。

「お母さんたちが飲んでいたあのワインはなんだったのか。どんな味がしていたのか。僕にはもう絶対に知りようもないんだけれど」

「赤ワインか白ワインかおぼえている？」

静かな調子は記憶に半身を沈めている透里の意識を乱すことなく耳に届いた。

「赤……っぽかったような気が」

「一年ずつヴィンテージをさかのぼっていった？」

「そう」

「ほかに手がかりは？　ふたりの想い出の場所とか。好きだった料理とかそのほかなんでも」

いますぐに思いつかなくてもいいからね、と彼がささやく。ゆっくりふたりで考えよう。

透里はこっくりうなずいた。

思い出すとせつないばかりで、だから記憶の奥底に封じこめていたのだろうに、なぜかいまは苦しくなかった。

「そういえば、新婚旅行はフランスに行ったんだって。お母さんは絵を描くのが子供のころから好きだったから、憧れのルーブルに一度でいいから行ってみたいと。そのころはそれほど病気も重くなくて飛行機にも乗れたそうで、とても楽しかったって、夢見るような顔で言ってた」

ひとりごとに近くなって、ぼそぼそとつぶやいていく。

「あと、料理はよくわからないけど、つまみに近い軽いものだったような。フランスパンと、チーズと、ハムとか、そんなふうな」

ふうむ、と彼が腕組みをする。

「ボトルのかたちは？　飲み口の下のほうが、なで肩か、いかり肩か」

たとえばこんなと彼がすぐ近くのボトルを指さす。少しずつ意識がこちらに戻ってきて、透里はいつもの言葉遣いで彼に応じた。

「そうですね。たぶん、その形です」

「なるほどね」

彼が大きくうなずいた。

「おそらくボルドーの赤だろう。きみの家のワインセラーを拝見できたら、もっと好みの傾向がわかるだろうが」

「それは……無理かもしれません」

「どうして？」

「もうお気づきだと思うんですが、僕が両親と暮らしていたのはあのマンションじゃないんです。僕が育った佐久良の家には、いまは叔父一家が住んでいます」

透里が自分から出ていったあの家に戻っていって、ワインセラーを覗き回るのは難しいし、気持ち的にもしたくない。

「僕にとって、あのワインは幻なんです。手を伸ばしても届かない」

「そうかい？　だけど想像を本物に近づけることはできるかもしれないよ」

「え……？」

「ワインはボルドーの赤だと見当がついている。ご両親のそのときの光景もきみは記憶に残している。だったら、きみがイメージしているワインを見つけ出せばいい」

「僕が自分であのワインを？」

「うん。そうすれば、きみも一緒にそのワインを味わうことができるだろう。昔見ていた両親にいまのきみが参加してワインを楽しむ。そうすればもう幻のワインじゃなくなる」

パンダさんが自分に教えてくれたことは、まったく新しい発想だった。

二十歳になった自分が、あのとき両親がしていたことを追体験する。そうすれば幻でも憧れでもなく、いまの自分の本当になる。

パンダさんの着想はまるで目の前に垂らされていた分厚い幕をひらいてくれた気持ちがした。

「僕に……それができるでしょうか」

「できるよ、もちろん」

彼が言いきる。

「あと、よければ俺にも手伝わせてくれないか。いちおうその方面に関しては専門家だと自負しているので」

店の光を受けてきらめく彼の眸が自信ありげで、透里は思わず見惚れてしまった。

「俺の会社は食品の輸入を専門にしているんだ。ワインのほうはスペイン産が主だけれど、各国のそれらも皆無ではないからね。フランス産もざっと目利きはできると思う」

「でも、あなたは会社のお仕事が」

パンダさんが専門家として自分の手助けをしてくれるなら、どんなにか心強いことだろう。けれども彼には社長としての仕事があるし、そもそも自身が疲れていることすらも気づかないほど疲れていたのじゃなかったか。

「駄目だよ、透里くん」

なのに彼は微笑みながらこう言うのだ。

「きみの手伝いをするのはもう決定事項」

「でも」

「却下されたら勝手に介入するからね」

「ですが」

パンダさんは透里の顔をあらためて見つめると、自信ありげにうなずいた。

「うん。きみは嫌がってない。遠慮するのもいいけれど、こういうときに言う台詞はべつにあるよね」

それはいったいなんだろう。

しばらく考えて、透里はこれかと思う台詞を恐る恐る口にした。

「あの……ありがとうございます?」

すると、彼が透里の髪をくしゃくしゃになるくらい何度も撫でた。

「うん。よく言えた」

そのあと彼はワインの入ったグラスをふたつ取ってきて、

「それじゃ、ふたりで乾杯しようか」

透里にワイングラスを手渡し、彼が深い赤色の飲み物を軽く掲げる。

「きみが行きたいと思うところにかならず行き着けますように」

乾杯、とふたつのグラスが澄んだ音をひびかせた。


思いがけないところからワイン探しがはじまって、透里は毎日を忙しく過ごしている。

ワインについての本を読み、パンダさんにメッセージを送っては返事をもらい、ワインを扱う店に行って実地でボトルを眺めて歩く。

調べれば調べるほどわからないことが増え、透里は夢中で知識を増やした。

添い寝の客はなぜなのかパンダさん以外のひとは訪れず、それもあって意識がほかに逸《そ》れていかない。

ワインの品種は数多く、ワイナリーはさまざまな国にあり、目当てのものがフランス産とは知っているが、調べている途中には自然と全般に目が向いた。

もっと識《し》りたい、もっとおぼえたい、もっと見て、感じたい。

透里はワインの世界にハマり、その楽しさ深さに目がくらむ心地がしていた。

「透里。昼から何度も連絡をしたんだぞ」

しかし、色づく自分の気持ちもこの声がいっきに鮮やかさを失わせる。

透里の叔父がマンションの入り口に立っていたのだ。

「すみません。午後から外に出かけていて」

硬い表情で応じる甥《おい》を、彼は冷ややかな視線で眺める。

「まあいい。会わなければこれをマンションの郵便ポストに入れて帰ろうと思っていたが」

そう前置きして、叔父が透里に封筒を差し出した。反射で受け取る透里をじろりと眺めたあとで、

「相変わらずひょろひょろしてるな。いちおうながら、おまえは佐久良家の跡取りだ、もっとしっかり頑張らんと」

「はい」

「今度の法事も喪主としてきちんと務めを果たしてくれよ。もっとも、そうやって青い顔でふらふら出歩いているようでは先が思いやられることだ」

あからさまなため息をつき、叔父は透里に背を向けて待たせていた黒塗りの車のほうへと歩き去る。

そのまま透里には一瞥《いちべつ》もくれないで乗用車の後部座席に乗りこむと、ドアを閉めて発車させ、間もなく透里の視界から消えていった。


叔父が手渡してきた手紙は両親の初盆の日時とその段取りだった。

頭の中にそれらの予定はあったけれど、いざ目の前に突きつけられれば現実の重さが沁《し》みる。

法要の施主は透里なのだけれど、行事ごとに口出しできる雰囲気はない。

頼りない青二才。さきほど見せた叔父の態度はそれをはっきりしめしていた。

自分の両親の法要でも、これは佐久良家や叔父が跡を継いでいる会社のための式次第なのだから。

透里はマンションの部屋に戻って、なにひとつできないまま手をこまねいているしかなかった。

「こんばんは」

いつの間にかパンダさんが来る時間になっていた。開錠すると、ほどなく彼は透里の部屋に姿を現し、提げていた紙袋をほがらかに見せてくる。

「サクランボのいいのが手に入ったんだ。あとで一緒に食べないか」

言ったあと、彼は首を斜めに倒した。

「今日はいつもと様子が違うね。どうしたのか聞いてもいいかい」

事情を明かすよううながされ、けれども透里は決心がつかなかった。

自分の実家に叔父一家がいることは話したが、そこに至るいきさつは友人の濱田にもしゃべっていない。

あの折の出来事を口にしたくない想いがあるし、パンダさんに『あのこと』を打ち明けてどう言われるのか怖かった。

「言いたくなければそれでいいけど、顔色がよくないよ。横になって休むかい」

「いいえ。平気です」

パンダさんは無理押しに透里から理由を聞き質《ただ》すことはしない。こちらが口をつぐんでいればそれまでだ。

こんなふうに心配そうな表情で、けれども彼は自身の好奇心を満たすために透里から言葉を引き出しはしなかった。

「あの」

信頼してもいいのだろうか。このひとならと思ってもいいのだろうか。

惑いが透里の指先を震わせる。

「大丈夫。俺はきみの味方だよ」

思いがけない言葉をもらって目を瞠る。

「あなたが味方?」

「そう。俺はきみの気持ちを知りたい。それはきみを理解して、寄り添うためにそうしたいんだ」

「僕は……」

スーツの男は、黙って透里の手を取った。

大丈夫だというように温かく大きな手が細い指を包みこむ。

思いきって透里はか細い声を発した。

「叔父が今日訪ねてきました」

「うん」

「電話があったのに僕が気づいていなかったから」

「うん」

「両親の初盆の日時を直接教えに来てくれたんです」

そこで黙ってしまったけれど、彼はその先をせっつこうとはしなかった。

透里はしばらくしてからまたもぽつぽつと彼に事情を打ち明ける。

途切れ途切れで、ずいぶん時間がかかったけれど、おおむね彼に打ち明けたのはこのようなことだった。

今年の冬に透里の両親が亡くなって間もなく、父方の叔父が同居を申し出た。建前は佐久良本家の大きな屋敷を透里ひとりで維持管理することなどできないから。

都内にある透里の家はたしかに大きな建物と庭とを有していて、十九歳の学生がこの屋敷の全般を取り仕切るのはむずかしかった。

これをいちおうは幸いにもというのだろうか、家に部屋はいくらもあって、叔父と叔母、そして当時中学二年生の従兄妹《いとこ》が引っ越してきた。

家の中に色彩が増え、キッチンやリビングの家具や家電が入れ替えられ、庭の植木が切られても、それはそれとして受け容れられた。母方には縁戚がなく、祖父母もすでに他界している状況で、透里にしては唯一の身内といえる存在はこの叔父一家のほかにない。

そうしてはじまった新しい生活は、しかし順調という状況からは程遠いものだった。

思いもせず降ってわいた両親の事故死、透里にとってその現実はにわかには認めがたく、叔父一家の言動も透里の頭を素通りしていく。

ぼんやりしている、頼りない、もっとしっかりしなければと叔父は透里を叱咤《しった》激励していたが、どこか遠くを見たままの甥の姿はおそらく彼の期待を裏切りつづけていたのだろう。

「ひとこと言わせてもらいたいんだが」

透里がそこまで話したときに、苦り切った顔つきで彼がこぼす。

「ショックを受けて茫然自失《ぼうぜんじしつ》の透里くんを叱ったり励ましたりは、むしろ逆効果じゃないだろうか」

「叔父はよかれと思ってのことですから」

「そいつは、そうだが」

パンダさんは不服そうだ。

「励まされれば頑張れるひともいるのに、僕はいつまでもぼんやりしたままでした」

パンダさんが自分の側で考えたり怒ったりしてくれる、それをひしひしと感じたからか、いままでそれを思い出したときのように胸が苦しくならなかった。

「叔父はそのうち言うのも無駄だと思いはじめたみたいでした。だから、表面的には無風状態がつづいていて」

そこで透里は口をつぐんだ。

このあとになにが起きたのか、いままで誰にも明かしていない。話すことなどできないと思っていたが、このひとにならしゃべることができるだろうか。

もしもこのひとに呆れられ、冷たい目を向けられたら。それを想像するだけで冷や汗が出てくる気がする。

知らず肌が粟立《あわだ》った二の腕を透里が反対の手のひらでさすったら、パンダさんがどこかが痛む顔をしてこちらに身を傾けてくる。

「言いたくなければ、今晩はもうやめにしていいんだよ」

こんなふうに相手のことを思いやれるひとを前に、なにをためらっているのだろう。

自分は彼のやさしさに値する人間ではないのかもしれないけれど、せめて嘘もごまかしもしたくない。

「いえ。話します」

きっぱり言うと、冷えきっている透里の指を両手で包んでくれるから、唇が自然と動いた。

「ある晩、僕が自分の部屋で寝ていたら、従兄妹が入ってきたんです。驚く僕のベッドに入り、仲良くしてあげてもいいと」

従兄妹は一緒に住むようになってから、透里には冷ややかな態度だった。廊下で会っても挨拶はせず、食事のときもひたすら無言、たまに透里が気づいていないと思っていればきつく睨《にら》んでくることもしばしばあった。

突然異性と同居する羽目になって、年齢的にもむずかしい心情だろう。そうと察して、透里のほうでは静観しつづけていたのだが。

「それは……」

パンダさんが目を瞠ったあと、とてつもなくまずいものを呑みこみでもした表情をする。

「その子はきみが好きだったんだね」

そうだろうか。けれどもあの折の一連の流れを思えば、透里は簡単にうなずけない。

「話があるなら明日聞くから。僕がそう言ってなだめると、彼女はかんかんに怒り出してしまったんです」

不幸に乗じて屋敷を乗っ取りに来た泥棒猫、自分たちをそんなふうに思ってるんでしょと彼女に言われて、透里は違うと否定した。しかし、目を吊りあげた彼女は透里にむしゃぶりついて、だったらあたしと仲良くしてよと癇癪《かんしゃく》を起こしはじめた。

「ベッドの中でしがみつかれ、怒鳴りつけられ、僕は暴れる彼女をなだめるのに精いっぱいで」

あのときの彼女は自分がいったいなにをしたいのかわかっていないようだった。駄々をこねて大暴れする子供、いまなら冷静に思うこともできるけれど、透里はあの晩ただひたすらに困惑するだけだった。

「そうこうするうちに騒ぎを聞きつけた叔父夫婦がやってきて」

パンダさんは思い切り顔をしかめた。

「大騒動だな」

「ベッドにいる僕たちを見て、叔父夫婦は立ちすくんで絶句しました。そのあと、彼女がいきなりベッドを飛び出して、母親にしがみつくなり火がついたみたいに泣いて」

「目も当てられない成り行きだ」

パンダさんが低く唸《うな》る。

「それで悪者はきみに決定。つまりはそういう流れだろう?」

わざと単純な言いかたをしてくれて、透里は知らず詰めていた息を吐いた。

「そのせいで、きみは自分の家なのにそこには住めなくなったんだ」

「いえ。追い出されたんじゃないんです」

それは言っておきたかった。透里もあのときは強情を張ったのだ。

「あやまれば今回ばかりは許してやる。叔父はそう言い、僕のほうもそうしようかと思ったんです」

「きみは少しも悪くないのに?」

パンダさんが嫌そうに目をすがめる。

「そいつはちょっと不公平にすぎないか」

「それは僕には……ただ、僕が黙りこんでいたら、叔父がますます不機嫌になってきて。母のことを、ちょっと言われて」

母は身寄りがなく、独身時代は絵の勉強をしながらも夜はバーになるカフェではたらいていて、そこで父と知り合ったのだ。交際をはじめてからわずか三カ月。母親にのめりこんだ父親が周囲の反対を押し切っての大恋愛結婚で、叔父はそのことをいまだに納得していない節がある。

そのときも母親を引き合いに出されて当てこすられて、あやまろうとしていた気持ちが閉じてしまった。

「叔父の面子《メンツ》を潰しても我を張ったのは僕ですし。それでもこうしてこのマンションを僕のものにしてくれました」

パンダさんはむずかしい顔をして黙っていたが、ややあって握った手はそのままに透里に顔を近づけてきた。

「購入代金はきみのご両親の遺産だとは思うけどね。まあ、それはそれとして言わせてもらうよ」

透里の額にこつんと額を当てて言う。

「よく頑張った。きみにとって大事なものをきちんと守った。俺はきみを勇気のあるひとだと思う」

思いがけない言葉を聞いて、透里の目が見ひらかれる。至近距離から彼はふっと笑みをこぼした。

「本当だよ。きみは他人と争わないが、自分の芯をうしなわない。他人と競うより、自分の世界をひっそりと豊かにしつづけるひとだから」

それは自分には過ぎた言葉だ。

自分はただあきらめていただけだ。他人とかかわるのが恐ろしくて、自分の殻に閉じこもっていただけだ。

「僕の言うことを全部信じてくれるんですか」

「うん。もちろん」

「僕が自分に都合よく話したとは思いませんか」

「思わないよ」

「どうしてですか」

「言っただろう。俺はきみの味方だって」

「でも」

「うん？」

「僕はなにもあなたにいいことをしていません」

むしろ一方的にやさしくされ、甘やかされていただけだ。

「だから？」

「僕にはそんな資格がなくて」

「資格、ね」

彼はどう言おうかと思案する顔でいたあと、ゆっくりと言葉を紡ぐ。

「資格がなければ駄目なのかい。そうでなければ、大事にされない？」

「……はい」

少なくとも自分はそうだ。

「だったらきみは」

駄目だね。透里は目を閉じてその裁きが下されるのを待った。

「すでにその資格があると思うよ」

「え……」

驚きに目を見ひらいた。

両親からでさえ必要とされなかった自分なのに、いったいなんの資格があるのか。

「きみは不器用だが、誠実だ。きみのその淡々とした態度の下には、やわらかで生き生きとした情感が宿っている。他人に対するやさしい気持ちももちろんね。俺にはそれがわかるから……」

そこで彼は言い淀《よど》み、しばしのちに言葉を繋いだ。

「きみを大切なひとだと思う」

それを聞いて、透里は絶句してしまう。

彼にそう言ってもらえるほど自分はいい人間ではない。そんなのは身に余る。

そうした気持ちはあったけれど、彼の言葉がどうしようもないくらい透里を潤《うるお》す。

資格があると。こんな自分を彼は大切なひとだと思うと。

「……透里くん」

彼が手を伸ばし、こちらの頬を撫でてくる。

「いいよ。泣いても」

涙が出てはいなかった。そんなふうに泣いたことなどもうずいぶん以前からおぼえがない。

けれども彼がそう言うのなら、自分はきっと泣いているのかもしれなかった。

「ありがとう。俺に事情を話してくれて」

そう告げて、パンダさんは透里を胸に抱き取った。

「ずいぶん勇気が要っただろう」

ありがとうと言うのはこちらのほうだった。

けれども、彼にしっかりと抱きかかえられ、大事そうに頭を撫でられ、なんだか胸が詰まってしまって言葉は少しも出てこない。

代わりに透里は男の背中に手を回してしがみつき、広い胸に顔をうずめた。

「透里くん」

低く喉に絡んだような声だった。

「俺は……。いや、今晩はやめておこう」

そうして彼は無言のままに透里を抱く力を強くする。

しっかりと抱き締められて、少し痛いくらいだけれど、その強さが気持ちよかった。

透里もさらに男の身体を抱き返し、この夜が明けなければいいのにと願っていた。

「おまえ変だぞ」

講義の合間の昼休み、キャンパス内のベンチで本を読んでいたら、濱田がその前に仁王立ちで指をさす。

「そうかな」

「そうに決まってるだろう。まるで俺を避けるみたいにこそこそとこんなところに隠れてて」

隠れてはいないつもりだ。ただ、講義以外の時間は集中して本が読みたい。ワインのことをもっと知りたい。だからひとりになれる場所で、こうして勉強していたいのだ。

「なんだよ、俺がしゃべっているのに。本なんか読んでないでこっち向けよ」

怒鳴られて、透里は相手の顔を見る。言いつけどおりにしたというのに、相手は嫌そうに頬を歪めて舌打ちした。

「おまえなあ、いかにもしぶしぶ言うことを聞きましたって感じだな。嫌味かよ。俺に失礼だと思わないのか」

これがはじまると長くなる。そう思うのは反抗的な考えか。

以前の透里なら、濱田に心配をかけたと思い、何度もくり返しあやまっていた。

けれどもいまは少し違う。パンダさんの存在が透里を変えてしまったから。

あの日の晩、透里は明け方になってから少し眠った。時間にすれば二時間ほどか。それでも誰かが傍にいる——どころか、抱かれた体勢で眠ったことなどおぼえがなくて、目覚めた透里は驚いた。

——僕……すみません。

——いいよ。もう少し眠っておいで。

パンダさんは透里をしっかりと抱き締めたまま、上から声を降らせてくる。

ソファに座ってはいるものの、ずっとこの姿勢でいたのならずいぶん窮屈だっただろう。

——その。腕が痛く。

——ああごめん。

——いえ。あなたの腕が。

——それはちっとも。きみはとても軽いからね。

それに可愛い寝顔だったよ。そう言われて、透里は自分の頬が熱くなっていくのを感じた。

これはなんだろう。なんだかものすごく気恥ずかしい。

——どうしたの。もぞもぞして。ずっと抱いたままだったから身体が痛くなってきた?

——いえ。

身体は平気だが、無性に落ち着かない気分だった。

まして、彼が癖のない透里の髪をひとすじ摘まんで、そこに口づけしてきたときには息がとまった。

――なんだろうね。きみの寝顔を見ていたら、何時間でもこうしていたい気分になったよ。

上体を倒した姿勢で、透里の耳に彼がささやく。

――いままでそんなことを感じたおぼえはないんだけどね。俺のどこかが欠けていて、そこにぴったりはまったみたいな。これ以上のものはない、不思議に満ち足りた感覚がした。

そう告げられれば、さらに居たたまれなくなってしまう。

これは駄目だ。なにが駄目かはわからないが、ともかく駄目だ。

このままだと自分がぐずぐずに溶け崩れてしまいそうだ。

――あの。手を離して。

目眩《めまい》をおぼえてそう言ったのに――離してほしいの？――と聞かれれば、にわかに言葉が出なくなる。

――もうちょっとこのままいようか。

――……はい。

それでも透里は男の視界に自分の横顔を晒《さら》しているのが照れくさくてしかたがなくて、ふたたび彼の広い胸に顔をうずめた。

――透里くん。

熱のこもった男の声音。透里の後頭部を撫でてくる彼の手のひら。透里の胸はもはや苦しくなるほどに速いリズムを刻んでいて、それが相手に伝わっているんじゃないかとあやぶみながら、なのに彼からいつまでも離れられないでいたのだった。

こんなの変だ。自分はおかしい。

初めての経験に透里は戸惑い、その気持ちは数日経ったいまも持ち越されたままだった。

「おい、聞いているのか」

きつい口調にわれに返った。まばたきして見あげれば、怒りの形相で仁王立ちの濱田がいる。

「おまえ、俺が言うことなんかどうでもいいと思っているだろ」

パンダさんとの追想を壊されて、まだぼんやりして見返すと、苛立ちながら舌打ちされる。

「今日は一緒に学期試験の勉強をするんだろ。場所はおまえの部屋でいいな」

「それは……困る」

前にも言ったが、濱田を自分の部屋に呼ぶつもりはない。

添い寝の場所であると同時に、あそこはパンダさんとの想い出が詰まっている特別なところだから。いまとなってはますます濱田を入れたくない。

「なんで困るんだ！」

「あの部屋はプライベートな場所だから」

「俺は友達じゃないのかよ」

爽やかな好青年のはずの顔が透里への怒りに歪む。それでも譲る気はしなかった。

「それとはべつ」

「なにがべつだ⁉」

「友人でも触れられたくない部分はある」

きっぱり言い切れる自分はきっと変わったのだ。

パンダさんが叔父のことで大事なものを守ったと自分に言ってくれたから。その力があるのだと自分に教えてくれたから。そのとおりにしなければ、自分にもパンダさんにも恥ずかしい。

「おまえ、ずいぶんとえらそうな口が利けるようになったな。入れ知恵をつけられて調子に乗っているんじゃないぞ」

「入れ知恵？」

訊ねると、濱田はハッと目をひらき、それから視線を逸らして告げる。

「とにかく勉強は一緒にするぞ。ああ、言うな。両親の初盆って言い訳があるのは知ってる」

こちらの心情を察したつもりか、濱田が先回りに言葉を封じる。

「でも、だからこそちゃんとしなきゃならないだろう。しょげたり逃げたりしている場合じゃないんだからな」

なぜそれをこの友人が決めるのか。透里は不思議な気分になった。

「場合？」

「だからっ。おまえに保護者がいなくなったってことだよ。実際、叔父さんとやらに家を乗っ取られているだろうが。いまから相当頑張って倍返しをしてやらないと」

「家を乗っ取られてはいない」

友人の言葉ながら、透里の心が冷えていくのをとめられない。

彼が見ている風景と、透里が見ているものとは違う。それだけははっきりしていた。

「倍返しをする気もない」

「は。やる前から負け宣言か。両親にすまないと思わないのか」

さすがに透里はこらえかねた。いくらなんでも踏みこみすぎだ。

「それを決めるのは濱田じゃない」

「なんだと」

「僕は僕の両親について、きみに語ってほしくない」

言った直後、頬に強い衝撃が来た。あっと思う暇もなく横ざまに倒れていく。

地面に伏して見あげると、真っ赤な顔で立ちつくす濱田と目が合う。

「おっ、おまえが悪いんだからな。俺じゃない、おまえが」

言いさして、濱田がいきなり踵を返す。

両のこぶしを握った濱田が、逃げるように去ったあと、近くにいた女子学生たちが恐る恐る傍に来る。

「あの。大丈夫ですか」

「大丈夫」

しゃべると左頬が痛かった。口の中に鉄の味が広がるから、殴られたはずみに頬の内側を切ったらしい。

「唇から血が」

「保健室に行かなくちゃ」

「立って、歩けます？　無理なら先生を」

大ごとになりそうな予感しかなく、透里はあわてて立ちあがった。

「平気だから」

初めてひとに殴られたショックのせいか、額に冷や汗が滲んでくる。

口の中いっぱいにある金属くささで吐き気が込みあげそうだけれど、ここは退却の一手あるのみ。

透里はハンカチを差し出してくる女子学生を仕草で断り、急いでその場から立ち去った。

夜になって訪れたパンダさんは玄関まで迎えに出た透里を見てぎょっとした。

「透里くん。いったいなにがあったんだ」

問われるのも当然で、自分の顔はいまは結構ひどいことになっている。

「頬が真っ赤に腫《は》れてるよ。それに唇、端のところが切れている」

手当てはしたのと問いかけられて、透里は気まずくうつむくばかりだ。

「おいで」

有無を言わさず男の手が透里の腕を摑んでくる。痛いほどではないけれど、振り払えない力だった。そのままリビングにつれていかれ、ソファのところに座らされる。

「まずは頬を冷やそうね」

ここ最近ですっかりこの部屋にくわしくなったパンダさんが冷蔵庫から氷を出してビニール袋に入れたあと、それをタオルでくるみながら戻ってくる。

「ほら、これを当てていて」

それから薬のありかを聞いてきたけれど、その手のたぐいを買ったおぼえはまったくないのでそのとおりを彼に伝える。

「それじゃ……ちょっと頼みがあるけど聞いてくれる？」

「はい」

「これから電話でセジュンに薬を買ってきてもらうように頼むから。この部屋の玄関先まで彼を入れてくれるかい」

自分がいまから買いに行ってもいいのだが、きみの傍を離れたくない。そう聞かされて、透里は視線をうろつかせた。

「でも、傷は大したことは」

「だったら、俺の会社の人間に頼むけれど」

「それも本当に」

僕は平気です。だから誰にも電話しないで。透里がまなざしで訴えると、彼は眉根を寄せたあと不承不承うなずいた。

「わかった。だけど、頬はちゃんと冷やすこと。あと、一回口のなかを見せて」

うながされて、透里は口をひらかなければならなくなった。そうすると切れている唇が少し痛いし、なによりむやみに気恥ずかしい。

パンダさんは真剣な表情で透里の口腔《こうこう》を覗きこみ、むずかしい顔をしてつぶやいた。

「頬の内側の粘膜にも傷がある。とんでもないな、こんな綺麗な顔を殴りつけるなんて」

硬い声音に彼が怒っているのを知る。思わず肩をすくませると、彼がふっと表情を緩めて言う。

「きみに怒っているんじゃないから。怖がらせて悪かった」

「あ。いいえ」

「なにがあったのか聞いてもいい？」

彼にはさまざまな打ち明けごとをしていたからか、問いへの答に躊躇《ちゅうちょ》はなかった。

「濱田と、ちょっと」

「ああ、友人の。その彼は普段からカッとなりやすい質《たち》なのかい」

そういう部分もあるけれど、殴られたのは初めてだった。

「僕が怒らせたんです」

「きみが？　なにをして？」

「僕が濱田を避けていたから」

「理由は」

「ひとりで本を読んだり……考えごとをしたかったから」

パンダさんのことをちょくちょく思い出していたけれど、それは当人には言いづらかった。

「それのどこがまずいのかな」

「あとは濱田がしゃべっているとき、べつのことを考えていて」

「それだけ？」

「そのあと僕の両親の話になって、彼をきつく拒絶しました」

パンダさんは目玉をぐるっと回してみせた。

「きみの友人はカルシウム不足なのか。それともきみが逆らうことを許さない暴君なのかい」

返事をしかねて惑っていたら、彼が手を伸ばしてきたので、反射でびくっとすくんでしまった。

「なにもしないよ」

「あ……すみません」

「そのタオルを持ちつづけると、きみの手が冷えすぎてしまうからね」

言って、彼が透里の指からタオルに包んだ氷袋を引き取った。それをあらためて透里の傷ついた頬に当て、

「約束するよ。俺はこの先きみがなにを言ったとしても、絶対きみを傷つけない。そうしようとそもそも思わないけれど、きみにはきちんと伝えておく」

男らしいよくととのった彼の顔には張り詰めた色がある。

「俺はきみの力になるし、頼まれればなんでもする。それをおぼえておいてくれ」

すごく不思議な気持ちだった。

自分などにそんな想いはもったいないと恐縮する気分もあるし、こんなひとにそうした言葉を聞かせてもらって素直にすごくうれしい気もする。

だけど、なんだろう。一番大きいのはほっとした気持ちだった。ここは安心。ここだけは身構えなくていい場所。そんな感情に浸されている。

「……ありがとうございます」

「どういたしまして」

透里が心を緩めたのがわかったのか、彼も相好《そうごう》を崩して微笑む。そうしてふたりで見つめ合ったその直後、彼が上体を傾けた。

（……あ）

唇をかすめるような一瞬のキス。なんの前触れもなく訪れた出来事に、透里は驚くことさえできない。ただ両目を見ひらいたままでいたら、パンダさんが「びっくりさせてごめんね」と言ってくる。

「つい、そんな気分になって」

「いいんです」

そんな気分と彼は言った。だとすると、なにかのはずみか、ついうっかりのたぐいじゃないか。

「怒った？」

「いいえ」

「よかった」

ほっとしたふうに彼が言う。

「男にキスをされるなんて気持ち悪いと思われなくてうれしいよ」

「気持ち悪くはないです。ただ僕は……初めてだったから、まともな反応ができなくて」

「初めて？」

意表を突かれたみたいに彼が目を見ひらいた。

そうやってあらためて聞かれると、自分がいかにも普通ではないような気分になる。

「すみません」

「ここであやまるのがきみらしいね」

彼は微妙な顔つきで目尻を下げた。自分はさらになにか外してしまったらしい。

「あの。すみません」

「こちらこそ」

「え。あなたはべつに」

「きみもそうだよ。だからおあいこ」

鷹揚な笑みで透里をくるんでおいて、彼はあらためてこちらの顔に目をやった。

「唇が白っぽくなっているよ。食事はした？」

「いいえ」

「やっぱり」

彼はため息をついたあと、なにか食べたいものはないかと聞いてくる。

「いまは食欲が」

「まだそんな気分になれない？」

「すみません」

「あやまらない。そうだね、無理して食べるよりいまは眠ったほうがいいか」

「でも」

「なんだい？」

「僕が添い寝を」

「ああ。今晩は添い寝はいいよ。逆に俺がきみの添い寝をうけたまわろう」

でもはなしと彼は言う。

「こんなときだ。そういうことがあってもいいよね」

結局透里は彼の言うままに着替えを済ませ、添い寝に使うベッドの上に横たわった。

「そう。そうやって、痛むほうを上にしてね」

スーツの上着を脱ぎ、ネクタイを外した男がベッドの端に座って言う。

彼の指示どおりの姿勢になれば、タオルにくるまれた氷袋をふたたび頬に当てられた。

「悪いね、強引なことをして。きみにはおせっかいで鬱陶しいかもしれないけれど」

「そんなことは」

「ないのかな」

「はい。でも」

「うん？」

「ドキドキするのと安心するのがふたつです」

どうなっているのかを教えてほしくて訴える。なのに彼は低く唸って自分の額を手で覆った。

「パンダさん？」

「なんでもない。ちょっとこのへんをさすってみたくなっただけ」

違和感はあったけれど、パンダさんの言うことなのでそんなものかなと納得する。

「パンダさん」

「ん、なんだい」

「なんでもないです。ちょっとあなたを呼んでみたくなっただけ」

このひとにキスされたのだなとあらためて思い返すと落ち着かなくなってきて、さっきの彼の台詞を真似して言ってみる。彼はまた前かがみになってしまった。

「パンダさん？」

「ああもうこの子は」と彼が呻く。

「無自覚なのが余計にあれで……いやもう俺さえしっかり気を持っていれば」

彼はうつむいてぶつぶつなにかを言っている。それから突然背筋を伸ばし、こちらのほうは見ないままに布団の上をかるく叩いた。

「いい子だから眠ろうね」

少しも眠くはないけれど、逆らわずに「はい」と返した。

それからは目を閉じてじっとしていたけれど、やはり眠りは訪れない。彼もそれに気がついたのか「眠れないならなにか飲み物を持ってこようか」とたずねてくる。

「いえ。それよりも」

「なに？」

「話をしてもいいですか」

さっきまで取りとめなく想いを浮かばせていた。そのことをなんとなく彼に言いたくなったのだ。

「うん、いいよ」

「あの。パンダさんには見たい夢がありますか」

「夢って、そうなればいいのにって希望のほう？　それとも」

「それとものほうです」

彼はつかの間黙っていたあと、考え考えそれに応じる。

「そうだなあ。とくになにかこれってものはないんだけれどね。会社で重大なミスを犯してしまったあれは、もう勘弁って感じかな。目覚めて夢でよかったっていう。あれは本当にあせるよね」

「はい」

「そういえば、きみに添い寝をしてもらっているあいだ、なにか楽しい夢を見ていた気がするよ。どんなものかは起きたらおぼえていないけれど」

「その夢を見たいですか」

「いま？」

「はい」

「いまはいいよ。きみの添い寝をしてるのに、自分のほうが眠りこんだんじゃさまにならない」

パンダさんは添い寝されると疲れが取れると言うけれど、どうしてもそれをしてほしいわけじゃない。

透里がいなくても彼は眠るし、寝ればそれなりに休息できる。

だけど……。もしもこのひとに見たい夢があるのなら、透里がもしもそれを自在に見せられるなら、ずっとこのひとは自分の傍にいたいと思ってくれるだろうか。

さっきはそんな馬鹿なことを考えてしまったのだ。

たとえば自分の持っているなにかと引き換えにしたとしても。もしもそれが可能であれば。

「透里くん」

そんなあやうい思考にはまりかけた透里を、男の声が引き戻す。

「きみはどんな夢を見る？」

「僕ですか」

透里はしばし過去の記憶をさぐってから、白旗をあげてしまった。

「おぼえていません」

「ひとつも？」

「あまり眠るほうではないし」
一、二時間ほどの透里の眠りは真っ黒い穴のなかに落ちていく感覚だった。そこからゆるやかに浮上するのではなく、いきなり目が覚めて眠りから放り出される。ここ数年はいつもそんな感じだった。
「じゃあさっきの質問。きみならどんな夢を見たい？」

逆に自分に問いかけられるとは思っていなくて、透里は目をしばたたかせた。

「その」

自分が見てみたい夢。

夢のなかであればこそ叶《かな》う望み。

いくつかが泡のように浮かんだけれど、それを口にすることはできなかった。

だって、どれも叶わない。

夢に見て、そのあと現実に戻されたら……きっとすごくつらくなる。

透里が黙りこくってしまうと、彼がそっと頬に手を当ててきた。

「すまない。俺が余計なことを言った」

「いいえ。あなたはなにも」

なにひとつ悪いことは言っていない。そう考えてから、ある考えを思いついた。

「見たい夢がありました」

「ほんと？」

「はい。パンダの夢です」

パンダさんの夢に出てくるあの子パンダ。あれになる夢を見たい。

そうすればずっとこのひとのなかにいて、すこやかに眠っていられる。

うつつでは幻でしかないけれど。それでもずいぶん幸せなことだと思う。

「僕、パンダさんと出会えてよかったと思います」

そんなふうに感じられるひとと会って、とても大切にしてもらった。

「やめてくれ」

パンダさんは低く唸るや、透里の身体を掬いあげた。

「えっ？」

彼はまるで透里にしがみつくように腕に力をこめている。息が苦しくて身じろぎしても彼の抱擁はゆるまなかった。

「パンダさん？」

自分はなにかおかしなことを言ったのだろうか。戸惑って問いかければ、ややあってから彼が腕の力を抜いた。

「悪かった。急に抱きこんで驚いただろう」

「あ……いえ」

「きみは怪我人《けがにん》なのに。俺はどうかしているね」

ふたたびベッドに寝かせてくるこのひとは平静な表情を取り戻していたけれど、どこかぎりぎりでこらえているような気配があった。

「もう遅い。俺がこうやってきみを見守っているからね。安心してゆっくりおやすみ」

「はい。パンダさん」

それきり会話は途切れ、仰向《あおむ》けに寝転ぶ透里も目蓋を閉じた。

ベッドに横たわっていても、いつものように眠りはなかなか訪れず、しかし途中でパンダさんの呼吸の音に気がついた。

それに合わせて吸って吐いてを繰り返しているうちに、凪のような静かな感覚が訪れて、いつしかうとうとしていたのかもしれなかった。

だから、透里がおだやかな波の上に浮かぶ気分になっていたとき聞こえた言葉。

「俺はきみの夢を見たいよ。まるで花がひらくみたいに俺に笑いかける夢を」

そんな言葉も、きっと気のせいだったのだろう。

「おい、大丈夫か」

次の日講義に出席すべく大学の講堂に入室すると、顔だけは知っている附属高校からの同級生が透里に話しかけてきた。大丈夫とうなずくと、相手は明るい声を出す。

「聞いたぜ。濱田に逆らってみせたんだって。おまえ、なかなか根性あるじゃん」

「あれは……僕もムキになったから」

「佐久良がムキに。それはすっげえめずらしいな。んなレアな現場を見られなくて残念だ」

磊落《らいらく》に言ったあと、透里の背中をかるく叩いた。

「まあ、あんだけ執着されてたら嫌になるのもわかるけど。濱田ブロックがこれをきっかけにゆるむようなら、俺や俺のダチとも一緒に遊ぼうぜ」

「濱田ブロック？」

聞きなれない台詞を聞いて、透里が首を傾《かし》げたら、相手は苦笑いをしてみせる。

「気づいてないのか。それもなんか佐久良っぽいな」

また声をかけるからと言い置いて、相手は見つけた友人のほうへと向かう。

それを見送ってから透里が手近な席に座ると、今度は女子学生のグループに取り巻かれた。

「それ大丈夫？　真っ赤になってすごく痛そう」

「そんな顔に手を出せるとか、すごいよね」

「無理無理わたしは絶対無理」

「気にしちゃだめだよ。なんかマズかったらわたしたちのところにおいでよ。追っ払ってあげるからさ」

返事をする隙もなくぽんぽん言葉を浴びせられ、透里は目を真ん丸にするだけだ。

「あ、ありがとう」

ようよう応じることができれば、彼女たちはさざめき笑い、透里の周りを陣取る席に腰かける。

そうしてなぜか彼女たちに囲まれたまま午前の講義と昼の休憩が過ぎていく。

彼女たちはそれぞれよくしゃべるけれど、あれこれ詮索することはなく、適当に世話を焼き、あとはほうっておいてくれる。

「今日はなんだ、めずらしいメンバーじゃん」と学食で声を投げてくる相手にも「はいはいまたね」といなしてしまい、あとはどこのネイルサロンの腕がいいとか、このあいだ見つけたカフェが美味しいとか、他愛ない話に終始している。

こんなふうに女子グループにくわわったのは初めての経験だけれど、それなりに居心地がいいものだなと透里はひそかに感心していた。

そういえば、自分はこのひとたちの名前を知っているだろうか。

幼稚舎からの一貫校で、おそらく何度も顔を合わせ、おなじ学級になりもしたはずなのに、自分は相手がそこにいると意識すらしなかった。

それはある意味傲慢《ごうまん》なことではないか。

「あの」

思いきって口火を切ると、彼女たちがいっせいにこちらを向いた。

「もしよかったら、名前を教えてもらえますか」

すると、綺麗なメイクがほどこされた彼女たちの唇から「ひえっ」だの「うおう」だのと聞こえてきてびっくりする。

しばし額を寄せ合って口早に話していたあと、四人がそれぞれ名乗りをあげた。

透里はひとつずつうなずきながらそれらの名前を聞いたあと「おぼえました」とそう告げた。

「その。今度からはそう呼びます」

女子学生と話をするのは勝手がわからず、遠慮がちに言ってみる。と、ふたたび彼女らの合議がはじまり、しばしのちにひとりが透里にスマホを差し出す。

「あのね。差し支えなかったら、メアドの交換してもらっていい？　わたし、つまり美濃《みの》を代表にして、それ以外は連絡しないようにするから。あ。もちろんだけど、うるさくするつもりはないし、そっちからメッセージがあったときだけすばやく返事をさせてもらうって、それでどう」

「交換って、僕でいい？」

「もちろんっ」

即答されて、戸惑うけれどうれしかった。

メアドの交換を済ませたあとは、講義の違う彼女たちとは別行動になったけれど、そこでもまた男子学生から「ずいぶんと男前のツラになったな」と気さくにからかわれることもあり、周囲の反応の変わりように驚く場面がしばしばあった。

変わったのは周りなのか。それとも透里自身なのか。

どちらともいまはわかりかねるけれど、ここで自分の殻にこもってしまうのは、きっと違うことなのだろう。

透里はスマホを取り出して、数少ない連絡先からさきほど教えてもらったばかりの名前のひとつを呼び出した。そうしてメッセージアプリに文字を打ちこむ。

『美濃さん、今日はありがとう』

それから少し考えて、もうひとつ。

『明日の昼は学食で食べますか？』

佐久良《さくら》家の菩提寺《ぼだいじ》でおこなわれた両親の初盆は滞《とどこお》りなく進んでいって、会社関係の人々が帰ったあとは、本家の屋敷に場所を移して食事や酒が縁戚に振る舞われる。

透里《とうり》も久しぶりに実家に戻ってきたのだが、施主としての緊張がいまだに解けず、広間に用意されている膳《ぜん》を前に硬い表情で座っていた。

ここに出席しているのは父方の親戚ばかりで、透里の代理で叔父《おじ》が挨拶したのちは、みんなくだけた様子になって世間話をしはじめる。酒が入ればそれがさらに露《あら》わになって、叔父の隣にいる透里の席にも縁戚の誰かが酒を注《つ》ぎに来た。

「やあ、透里くん。慣れないことでご苦労さま」

「いたらないことばかりで申し訳ありません」

「ああいやいや。まだ学生の身できみはよくやっていたよ」

そこまではよかったが、透里のコップに溢《あふ》れんばかりに酒を注ぐ。

「まあ飲んで飲んで」

飲酒を強《し》いる相手に困惑したときだった。

「透里はまだ子供だ。そういうのは感心しない」

叔父が相手に苦言を呈する。言われたほうはカッと頰を赤くして叔父の顔を睨《にら》みつけた。

「なにか？」

叔父が平然と相手の視線を受けて立つ。煽《あお》られた相手はさらに苛立《いらだ》ちを剝《む》き出しにし、険悪な空気がそこに立ちこめた。と、離れた席から「ああちょっと」と叔父を呼ぶ声が聞こえ、彼は冷ややかな一瞥《いちべつ》を相手にくれると席を立ってそちらに向かった。

「……早速に当主気取りか」

残ったほうは腹立ちのこもるつぶやきを洩らしたあとで、みずからもまた別の席へと移っていく。

しかし、透里がいちおうは安堵《あんど》したのもつかの間で、次から次へとやってくる親戚に言葉少なに挨拶を返していると、そのうちのひとりが叔父への批判を口にしはじめた。

「次男もよくやってはいるが、いささか器がちいさいようでね」

「そりゃ佐久良の長男の優秀さにはくらべるべくもないからねえ」

「佐久良本家に移り住んだことだって、遺《のこ》された嫡男をもり立てるとの名分があったのに、透里くんが出ていったのでは本末転倒とは言えないかね」

「そうそう。本家へのあの引っ越しはいかにも拙速と思えたが」

「自分の地固めをしたいのかもしれないが、なにをあせっているのやら」

親戚連中は佐久良本家の中枢におさまった叔父に対して好意的ではないようだ。

それらの親戚の口撃に挟まれて、透里がひたすら困っていると、さらに辛辣《しんらつ》な台詞《せりふ》が飛び出す。

「長男は皆に好かれていたからね。本来ならば次男の出番はなかったはずだ」

「そうそう。あれを奇貨にしたわけで」

聞き苦しい台詞がつづき、さすがに堪《た》えかねた透里が座を外そうとしたときだった。

「奇貨とはどういうことですかな」

話に熱中していた連中が気づかないうち、叔父が席の近くまで戻ってきていた。

「ああいやべつに」

たいていの人達が目を逸《そ》らすなか、ひときわ高齢の大叔父がずけずけと口にする。

「あれが嫁さんを道連れに死ななかったら、おまえの出る幕はなかったかもしれん。と、そういうことだ」

「……それで？」

一触即発の張り詰めた空気が生まれる。

「なにごともおのれの分をわきまえろと」

「お言葉ですが、わたしは充分にわきまえているつもりですが。この屋敷に移ってきたのは、兄との約束があったからです」

叔父の反論に、皆が耳をそばだてる。

「その約束とは？」

「それは言えません」

「どうしてだね」

「言いにくい部分もあるので」

説明にならない叔父の言い分は、皆の呆《あき》れと反感を買ったようだ。

「おい、きみ。まともに応じるつもりがないなら、約束だなどと口にしないほうがましだぞ。たとえ一時しのぎにしても、ずいぶんと下手《へた》を打つ」

「一時しのぎではありません。信じてもらえないのなら結構です」

そう言い放ち、叔父はふたたび席を離れる。

大叔父をはじめ、憤然としている縁戚を目に入れながら、透里も彼らの傍《そば》を辞した。

そうして叔父のあとを追い、夢中になって背後から声をかける。

「叔父さん」

彼は険しい表情のまま振り向くと「おまえか」と肩をすくめた。

「なんの用だ」

「さっきのことです」

うるさいと言われるかと思ったが、彼は意外にも「ついてきなさい」と透里をうながす。

叔父はほどなく台所の奥に行き、ひと気のない貯蔵庫のところまで足を運んだ。

「言っておくが、おまえにいまさら文句をつけられる筋合いはない。約束は約束だからな」

「その。約束とは」

「なにを言う。知らないわけがないだろう」

「でも本当に」

叔父は透里の顔をまじまじと見つめてから、ちいさく息を吐き出した。

「わたしと兄とがした約束だ。おまえは本当になにも聞いていないのか」

「はい」

叔父は仏頂面《ぶっちょうづら》で透里をしばし睨んでいたが、やがてぽつぽつと話しはじめた。

「兄はあの娘に夢中だった。確かに綺麗《きれい》だが、あれはあまりにも弱々しくて佐久良の嫁にふさわしいとは思えなかった。だからわたしは兄の結婚に反対したんだ」

そのあたりはある程度予想がついた。透里が黙ってうなずくと、叔父がまた言葉を重ねる。

「わたしからの反対に兄は猛烈に腹を立てた。そのあとは売り言葉に買い言葉となって、俺たちがふたりとも死んだあとは会社も家もおまえにやる、約束の証文も書いておく。だから思うようにさせろと」

実際は聞いていただろうと叔父は言う。透里は「いいえ」と応じるしかない。

「おまえにもかかわることだぞ。これまでに話に出なかったわけがない」

「でも父さんは」

どうしても言わなければならなくなって、透里はやむなくそれを話した。

「僕がいなければよかったと」

口にすると胸の奥が痛んだけれど、嘘をつくわけにはいかなかった。

すると、叔父は眉をあげ、ぽかんと口を開けてしまう。

「そんな馬鹿な」

それだけをようやく洩《も》らし、唾《つば》を呑《の》みこみさらに言う。

「おまえはあの嫁が産んだ息子だ。大事でないわけがないだろう」

透里は横に首を振った。

「まさか。だが、本当に？」

「僕を産んだお母さんはますます身体《からだ》が弱くなって。父さんは子供を望んではいなかったんです」

叔父は表情をさまざまに変えたあと、ハアッと両肩を上下させた。

「それもあるか」

納得した口調の叔父は苦い顔つきになっている。

「言いかたはよくないが、兄はあの嫁に対しては異常なまでの入れ込みようだったからな。儚《はかな》ければ儚いほど美しく目に映る幻の花のようなものだったとわたしは思うが」

その言葉を否定できず、透里は視線を下に落とした。

「だが透里。その約束を聞かされていなければ、わたしたちがこの家に押しかけてきたことにはずいぶんと憤《いきどお》りを感じただろう。佐久良の会社はともかくも、おまえに充分な説明もせずこの家に越してきたのは、半分以上は兄に対する腹いせみたいなものだったしな」

「いえ。憤りとかそんなものは」

「どうしてだ」

「この家にこだわる理由が、とくになくて」

愛着を持つほどの記憶がないこの家を守る気持ちは端《はな》からなかった。

「そうなのか……わたしはそもそもそのあたりから思い違いをしていたようだ」

叔父はがっくりと肩を落としてそう言った。

「透里。この家に戻ってきなさい。もう一度わたしとよく話し合おう」

「戻りません。でも、話はしたいと思います」

「おまえは、だがそれでいいのか」

「はい。会社も、家も」

そんな約束があるのなら、叔父がすべて受け継ぐのは当然だ。

透里がそう考えて心底納得していれば、叔父がしみじみとした口調でこぼす。

「わたしはおまえを兄夫婦から甘やかされた坊ちゃんだと思っていたんだ。だがそれも最初から勘違いをしていたんだな。もしかすると、わたしの娘のあの一件も」

「あれはもういいんです」

「なぜだ」

透里はちょっと考えてから、いまの気持ちにもっとも近い台詞を探した。

「僕のことを信じてくれるひとがいて」

「だからもういいと言うのか」

「はい」

叔父は目をしばたたかせてから「ううむ」と唸《うな》った。

「まだ……考えが追いつかん。が、ともかく透里。近いうちにあらためて会ってくれ。おまえのほうから聞きたいことがあれば話すし、わたしも知りたいことがある」

「はい」

透里はうなずいてから、聞きたいことを思いついた。

「叔父さん」

「なんだ」

「僕の両親が毎年飲んでいたお母さんの誕生日のワイン。そのことを知っていますか」

彼は首をひねってから「知らん」と答えた。

「わたしは兄とは結婚の一件以来ずっと不仲でいたからな。そんな話はしたこともない」

「そうですか」

「なぜそれを聞きたがる？」

「父さんとお母さんがふたりで選んだ最後のワイン。それを知って、僕も一緒に飲めればと」

「おまえが一緒にだと？　だが、あのふたりはもうすでに」

「はい。でも、過去の両親にいまの僕が参加することはできます」

「そうすることでおまえの気が晴れるのか」

「たぶん」

叔父はしばし考えこんでいたあとで「なるほどな」とつぶやいた。

「それがおまえの乗り越えかたか」

そのあと周りをぐるりと見回し、透里には初めて聞かせる親しげな調子で言う。

「だったら好きなだけこの貯蔵庫を見ていくといい。それにこのあとも何度でも来て、ここのワインをいるだけ持っていきなさい」

「あ、ありがとうございます」

「礼は不要だ。わたしは叔父で、ここはおまえの実家だから。そうすることになんの遠慮がいるものか」


その晩、パンダさんが訪れてくれたとき、透里は実家で起きたことを訥々《とつとつ》とした口ぶりながら打ち明けた。

「そうか。それはよかったね」

パンダさんは、真面目《まじめ》な顔で話に耳を傾けたのちソファの背もたれに身体を戻した。

「もちろんただ単純によかったで締めくくれる内容でもないのだろうけど。だけど、俺はいろいろ含めてほっとしている。なによりきみが」

言いさして、彼がこっちを向いてとうながしてくる。そのとおりの姿勢に変えると、上等なスーツに身をつつんだ男が透里の様子を注意深く眺めたあとで、

「うん。思っていたよりつらそうじゃない」

「僕は平気です」

端正な男の顔が透里のすぐ前にある。コトコトと心臓の動きが速まるのを感じながら、虚勢ではなく透里は言った。

「叔父がこれまでよりも近くなった気がします。僕はあのひとの甥《おい》なんだなとあらためて感じました」

「そうか。それだけでも充分にいいことだね」

「はい。法事のあとにはメールをもらって。いまさらで悪いと思うがひとり暮らしの僕を心配していると」

いままでには行き違いもたくさんあって、なによりも相手のことを知らなさすぎた。だから、これからは互いにわかり合うための努力を少しずつはじめたところ。透里はそう思っている。

「パンダさん」

「うん？」

「ありがとうございます」

「俺はなにもしてないよ」

「でも、あなたがいてくれたから」

――僕のことを信じてくれるひとがいて。

とっさに出た、あれは透里の本心だ。

このひとは透里から多くの気持ちを引き出してきた。丁寧に、根気強く、乾いてなにもない土地を耕していくように、透里の心を潤《うるお》しつづけた。だからこその成り行きなのだ。

「おいで」

彼が目を細めて手招きする。透里はソファに座る位置を彼のすぐ真横に移した。

「頑張ったね」

パンダさんの大きな手で撫《な》でられるのはとても好きだ。まるで自分が猫になって、日向《ひなた》の縁側で手足を伸ばしているような感覚になる。

「知らないことや、できないことがまだいっぱいありますが」

「言っても二十歳《はたち》だ。そう急ぐことはないさ。ゆっくり歩いていけばいい」

「はい」

手の感触にうっとりしていた透里だったが、このときふと相手の状態が気になった。

「あの」

「うん？」

「お疲れじゃないですか」

遅まきながらあらためて視線をやれば、彼の目の下にうっすら隈《くま》ができている。

「大丈夫だよ」

パンダさんはなんでもないふうに言うけれど、本当に大丈夫なのだろうか。

だって、このひとはこれまでにも幾度となく透里に会いに来てくれたけれど、それは会社の仕事をめいっぱいこなしたあとの時間なのだ。そのうえ最近は添い寝を断り、話をしただけで帰ることがほとんどだった。

自分はいつだって彼にしてもらうだけで。透里は唇を引き締めてから彼を見つめた。

「今晩は僕に添い寝をさせてください」

「さっきも言ったけど平気だよ」

「でも。せめて僕ができることを」

「俺が勝手にしていることだ。そんなふうに申し訳なく思わなくてもいいんだけどね」

パンダさんはなだめるように透里の頭を撫でてから「だけど、そうだね」と言い添えた。

「今夜はきみに寝かしつけてもらうのもいいかもしれない」

きみの隣で眠るのはすごく気持ちがいいからね。

そんな台詞を甘い目つきで言われると、くらりと目眩《めまい》に襲われる。

「ん。どうしたの？」

気配で感じたか、彼がわずかに眉を寄せる。

「いえ。なんでも」

そう応じたのは本当のことではなかった。

なんだろう。肌が少し粟立《あわだ》った。それになぜだか無性にそわそわしてしまう。

「それじゃ頼むよ」

表情には出ないもののひそかにあせっているうちに、パンダさんは透里を連れて寝室に入っていった。

室内のクロゼットから透里がバスローブを取り出すあいだに、彼は躊躇《ちゅうちょ》なく身に着けていた衣服を脱ぐ。

これにもまた透里の心臓は直撃をくらってしまい、息が苦しくなるほどだ。

なんでこんなに動悸《どうき》がしている。パンダさんが添い寝のために服を脱ぐところなんて、いままでにも見たはずだ。

俳優みたいに格好いいひと。男性として優れた体格の持ち主。最初のころはそれくらいしか感想がなかったのに。

「それをもらうよ」

なのに、彼が下着一枚の姿になってこちらに手を伸ばしてくれれば、動きもできずに棒立ちになってしまう。

「なに？」

「い、いえ」

透里がぎくしゃくと足を運ぶと、受け取ったシルクのローブを彼はふわりと翻《ひるがえ》らせて肩に羽織る。

その動きにも無性に胸が騒いでしまい、透里はつい自分の想いを口に出していたらしい。

「すごい」

「とはなにが？」

なんでもないと答えればよかったのかもしれないが、やたらと気持ちが波立っていたせいですするりと言葉がこぼれてしまう。

「その仕草が格好いいなと」

少しばかり声を跳ねさせてそう告げると、彼が幾分困ったふうに目を逸らす。

「きみのような子にそんなことを言われると、こっちが照れてしまうんだが」

『きみのような』の意味がわからずきょとんとする。そのまま透里が突っ立ったままでいると、視線を戻したパンダさんが苦笑した。

「きみも着替えてベッドにおいで」

そのうながしでわれに返った透里は急いで自室に向かう。

なにもあわてる必要はないはずなのに、息が切れて目の前がチカチカしていた。

これはいったいなんだろう。

自分の部屋のドアを背に、透里は懸命にこのわけを考える。

おかしい兆《きざ》しは確かにあった。結構以前からパンダさんの姿を見ると、脈拍が速くなるのには気づいていた。だけど、ここまでではなかったと思うのだが。

それならどうしてと、透里はこれまでのいきさつを過去の記憶から拾い出す。

パンダさんは出会ったときから親切で。素敵な大人の男だと感じていた。それでもまだそのころは添い寝客の範囲内。

それから何度か客としての彼に会い、そのうち誘われて水族館にも、動物園にも一緒に行った。あのひとと過ごすのは楽しくて、安心できるひとだと思った。

それが、いつからかあのひとへの深い信頼に変わっていって、両親や叔父のことまで語れるようになってきた。

叔父の前でパンダさんを信じられるひとだと言って、そのとおりだと自分は思って。そうなるまでに、どれほどあのひとが根気強く接してくれたか痛いほどに感じられた。

初めてのキスもあのひと。どんな夢を見たいかと聞かれたら、あのひとの夢の中の子パンダになるのがいい。

この気持ちにはなにか理由があるのだろうか。

「透里くん？」

かなりのあいだ、自分は思い乱れていたようだった。

ドアの向こうで遠慮がちな声がして、透里の肩が跳ねあがる。

「は、はいっ」

「大丈夫かい」

「あ。いま行きます。寝室で待っててください」

上擦《うわず》る声音で返事をすると、透里は大急ぎでパジャマに着替えて寝室に戻っていった。

パンダさんは息せき切って飛びこんできた透里に驚いたようだったが、それについては指摘せず、ベッドの前に立つ位置から「こちらにおいで」と腕を差し出す。

透里は喉が塞がって声も出ず、ぎくしゃくした足取りでそちらに向かう。パンダさんは乗せられた透里の手を取り、まじまじと見つめてきた。

「微熱でもあるのかい。なんだか顔が赤いようだが」

「ナントモナイデス」

「そう？」

パンダさんが透里の額《ひたい》に手のひらを当てようとする。とっさに透里はのけぞった。

「え。どうしたの」

「ナンデモナイデス」

われながらロボットみたいな口ぶりだと思ったけれど、彼を意識してしまうのはやめられなかった。

「なんだかおかしいね」

彼は眉根を寄せがちに首をひねった。

「俺に理由を言えるかい？」

「い、言えません」

自分でもわからないのに説明できない。パンダさんは「ふむ」とつぶやき、こちらを覗《のぞ》きこんでくる。

間近から視線を合わされ、またも心臓が跳ねあがる。もう完全に透里は腰が引けてしまった。

「その……見ては駄目です」

「なんで？」

「えと。ここが変になるからです」

もうちょっと距離が欲しくて、必死の説明をこころみる。

「僕はさっきからおかしくて」

「さっきとは」

「パンダさんの、その、着替えを見て」

「なんだ。着替えなんか前にも見ているだろう」

彼は拍子抜けしたようだった。

「今日に限っておかしいわけは？」

怒ったり苛立ったりする様子はない。ただ純粋に透里を心配している顔だ。

こんなふうに気遣われているというのに、適当なごまかしなんてできやしない。どうにもならない気分になって、破れかぶれで口をひらいた。

「パンダさんの裸を見たら、妙な気分になったんです。理由なんかわかりません。さっきも部屋で考えてみたけれど、なにかのスイッチが入ったとしか」

「スイッチ」

透里にというよりも彼のそれは自身に問いかける調子だった。

「もしかすると、パンダさん成分が満タンになったからかもしれません」

追い詰められた気分になって、当てずっぽうを口にする。

「すみません。落ち着きますから、あと一分待ってください」

懸命に告げたのに、パンダさんは上の空で返事をしない。

「まさかね……いや、そうかも……進んだのに、追いつかないのか」

ぶつぶつとつぶやいてから「よし」といきなりうなずいた。

「いまから俺とためしてみようか」

「ためす……？」

「きみがおかしくなった理由を確かめよう」

パンダさんは透里を置いて自分が先にベッドに入る。

「立ってないでここにお入り」

自分の横を手のひらでぽんぽん叩く。透里はゼンマイ式のおもちゃみたいな足取りでそちらのほうに近づいた。

「座らないで、隣に寝て」

透里が端っこに腰を下ろすと、すぐさま彼が駄目出ししてくる。

「でも」

「確かめるんだろ？」

それで透里はそろそろと彼の隣に横たわった。

「さっきとくらべてどう？」

「ドキドキが増えてます」

「じゃあこうしたら？」

彼が透里のほうに寝返る。いっきに距離が近づいて、喉のあたりが干上がる気がする。

「増えた？　それとも落ち着いた？」

にわかに声が出てこない。透里は激しくまばたきし、自分の手を自分で握った。

（あ……？）

刹那《せつな》になにかが光った気がする。透里は努めてまばたきの速度を落とし、それがなにかを探ろうとした。

「……青い」

見つけたものは彼の眸《ひとみ》。とても綺麗な濃い青で、深海を思わせる色だった。

思わず惹《ひ》きこまれて見つめると、彼が「そうなっている？」と自分の手のひらで片方を覆ってみせる。

「母がスペインの生まれでね。大きく感情が揺らいだときにこうなるんだ」

その情報も透里の目を瞠《みは》らせたが、いま気になるのはべつのことだ。

「パンダさんも揺らいでいますか」

相手の呼吸がはっきり感じ取れる距離で、このひとも自分とおなじくそのことに心が揺さぶられている？

「ああ」

パンダさんは暗い青を眸に宿してささやいた。

「きみにキスをしたいから」

甘いのに激しさをも潜めた響き。透里はもう頭が煮えてしまいそうだ。

「してもいい？」

イエスと言えばキスされる。ノーと言えば……どうなるのだろう。

「したくない？」

パンダさんがそう聞いて、逃げ道が現れる。透里は「はい」と言うだけできっとここから逃げられる。

なのに透里が口にしたのは違う言葉だ。

「したい、です」

だって、抵抗できないのだ。彼とキスしてみたい、その衝動にあらがえない。

「透里くん」

男らしくととのった彼の顔が近づいてくる。

それに、とてもいい香りがする。緑を、海を、果実を思わせる複雑な香りの奥に、透里を酔わせてしまうような特別な香りがしている。

これはもしかしてこのひと自身の……？

そこまで思った直後、彼の唇を頬に感じた。

「あ……っ」

「これはどう？」

「し、心臓が壊れそうです」

すぐ傍でささやかれると彼の息が肌にかかり、それにも動揺してしまう。

「じゃあこれは」

言って、彼が透里の唇にキスをする。

そっと触れて、すぐに離れるかるい口づけ。

けれども透里の頭も身体も熱を持つ。

「どんな感じ？」

そんなことを聞かれても答えられない。

「返事をしないともっとするよ」

それは駄目だ。頭のなかがパンダさんでいっぱいで、これ以上注がれたら破裂してしまいそうだ。

「お……おかしくなって……おかしい、から……っ」

言ったのにパンダさんはふたたび唇を合わせてくる。

ベッドのなかで寄り添って、唇を重ね合い、彼の香りにつつまれる。

こんなのは駄目だと思う。頭がぐずぐずになってしまって、熱くて溶けてしまいそうだ。

「ふ……んっ」

鼻声が洩れてしまって恥ずかしい。それに息がどんどん苦しくなってきた。

「鼻で息して。あと、口をちょっと開けてごらん」

一生懸命言われたとおりにしようとして、すると緩んでいた唇の隙間を通り、濡《ぬ》れてやわらかな感触が挿《さ》しこまれる。

「ふ、うっ……」

こんなキスを透里は知らない。男の舌が透里の口の中に入って、まるで生きものか何かのように自分の内側を探るのだ。

舐《な》められ、掻《か》き回され、濡らされて。透里の体温がどんどん高くなっていく。

「ん……く、う……っ」

いつの間にか彼のローブの腕のところを摑《つか》んでいた。

だって、しかたがない。そうしないと溺《おぼ》れてしまう。

注ぎこまれるパンダさんでいっぱいになり、溢れて、浸されて、溺れてしまう。

「……ふぁ」

長いキスが終わって、彼の唇が離れていっても、透里はまだ彼のローブを摑んだままだ。

横向きになった姿勢で、透里は自分の頰を男の両手につつまれる。

「どうだった」

すぐ目の前にある濡れた唇が動くのが、なんだかものすごく……透里の胸をざわつかせる。

これ以上は受け容れきれない。すでに満杯。容量オーバー。

それなのに、彼は透里の唇を指でなぞり「赤くなったね」と腰にくるような甘い響きを聞ている。「もっとしたい？」もう無理。これ以上は本当に。

けれども彼はふたたび顔を寄せてくる。

透里は目を回しながら、ただ闇雲に彼の身体に抱きついた。

「透里くん？」

こうやってしがみつけばキスされない。とっさにそう思ったけれど、これはこれで逆効果だ。

こんなふうに密着すると、透里とは違うしっかりした形を持つ骨の硬さや、筋肉の厚み、それに彼の肌の熱さを感じてしまう。

このひともまた身体の熱をあげている。透里にキスしてそうなっている。

それを感じたとたん、身体がカアッと熱くなる。

駄目だこれは。熱されすぎたバターみたいに焼け焦げる。

透里は無我夢中で伸びあがり、彼の耳に自分の唇を近づける。

「月は夜の鏡。眠りは癒しの森。ここは月光が照らす森。おやすみなさい、いい夢を」

口早にその言葉を彼の耳に注ぎこむ。

動転したあまり、とっさに回避を図ってしまった。

「……透里くん」

つぶやく男の目蓋《まぶた》が下がる。けれども、彼はいつものように眠りに入らず何度もまばたきをくり返した。まるで眠りに惹きこまれるのに逆らうように。

しかし、それもかなわずにまもなく彼は夢の国へと落ちていく。

シーツの上に身を投げ出して寝入る男をしばし眺め、透里はゆっくりと目蓋を閉ざした。

このあとふたたび目をひらけば、いつものようにかわいい子パンダが現れる。

透里は毎回それを見るのが楽しみで、なのに今夜は普段と違った。

子パンダに重なって淡くなった彼の姿を見たくないと感じたのだ。

ついさっきまであんなにはっきりと感じられた男の輪郭《りんかく》が薄れているのを見たくない。

それが嫌なら、いますぐに彼に触れて、揺り起こせばいい。

でもきっとそうしたら、もう二度と美しい幻は現れなくなるだろうけれど。

理屈ではなくそれを感じて、透里は少しも動けない。

見たいのは幻か。それとも彼そのものか。

どちらも選べず、目蓋を固く閉ざした透里は闇の奥底にうずくまったままでいた。


この日甲斐谷《かいたに》が通話の相手に選んだのは、自称人材斡旋《あっせん》業者のセジュンだった。

昼休みのオフィスは人もまばらで、社長付きの秘書もいまは休憩を取っている。社長室のデスクで仕事の手を休め、電話に出てきたセジュンに甲斐谷が伝えたのは、ちょっとした宣言だった。

「透里くんのことだけれど、俺は保護者に専念するのをやめようと思っている」

『へえ、それはまた。わざわざお報《しら》せありがとうございます』

「きみに報せる義理はとくにないんだが、そちらもあの子のエージェントをしていることだし、それを伝えておこうとね」

『専念するのはやめるって、なにと兼務するつもりです？　まさか恋人に立候補するとかって言いませんよね』

「それは今後の状況次第だ」

『ははあ。なるほど』

「ただし俺は急がない。透里くんはワインに興味を持っているから、この夏はワインのセミナーや、講習会に出られるように図らうつもりだ。そうやってこの先もゆっくりとあの子に接していく気でいるよ」

『それは結構な心がけです』

ひやかす調子でセジュンは応じる。

『で？　こうやってわたしに電話してきたのは、なにか進展があったからじゃないんですか』

「あの子の情緒は思ったよりも育っていた。ただ、そのぶん混乱もしているようだ」

甲斐谷にキスされたあの晩、透里はパニックを起こしてしまい、あげくこちらを強引に眠らせた。

翌日甲斐谷が目覚めると、目を泳がせている透里がいて、何度もあやまってきたのだった。

表情にはさほど出ないが、動転しているのが伝わってきて、昨晩のことについてはなんとも思っていないとなだめ、それでも気にしているふうなので、そののちもあの一件にはあえて触れないようにしていた。

「あの子を傷つけないように今後も慎重に動かなければならないと思っているよ」

『はあそうですか。そのおやさしい考えがなるべくつづくといいですねえ』

「つづくさ。俺はあの子に無理を強いるつもりはないんだ」

伝えることはそれだけだとセジュンに言った。

「ではこれで失礼するよ」

『まあ待ってくださいよ』

セジュンはあわてたふうもなく制止する。

『いちおうひと言。濱田《はまだ》ってのがいるでしょう。あいつがこそこそやってるようでね』

濱田とは透里の大学の友人か。通話を切りかけた甲斐谷がその手をとどめる。

「こそこそとは」

『あいつがあの子を殴ったのは知ってるでしょう。そのあとどうなったか知ってます？』

「しばらくしてから普通に話しかけてきたと」

そこについては、後日に会った透里から聞いていた。

『普通、ね』

持って回った言いようが甲斐谷を苛立たせる。

「それ以上を知っているなら教えてくれ」

ものを頼む語調ではなかったが、相手は気にせず返答を寄越してくる。

『あいつはどうやらモラハラ男の典型みたいなタイプでね。カッとなってあの子に手をあげ、それでもいっこうに反省なんかしちゃいない。衝動的で、自分勝手。相手を自分の支配下に置きたい性格』

ずけずけと断じたあとで、まあそれでもねとつづけて言う。

『長年友達っぽいことをやってるのなら、あの子とはそれなりにご縁があるのかもしれませんねえ』

「悪縁なら切るのも手だが」

『そりゃあそうかも』

「ところで、きみは俺の質問にまだ答えていないようだが」

『質問とは？』

「濱田がこそこそしているとはどういうことか」

『あーねえ。お答えしますが、その前に』

一拍置いてからセジュンが問う。

『あなたはどうです？』

「どう、とは」

『セミナーや講習会も結構ですがね、保護者面《づら》であの子に対する影響力を広げようと思ってませんか。濱田って坊ちゃんとあなたの違いはなんですか』

「……それは」

言いかけた甲斐谷の台詞にかぶせてセジュンが告げる。

『ああ、いいですよ。わたしに教えてくれる必要はありませんしね。ただ聞いてみただけなんで』

それじゃ失礼しますねと通話が切れる。甲斐谷は自分の手のなかのスマホを睨んだあとで、思わず息を吐き出した。

「結局俺の質問には答えずか」

苦々しくつぶやくものの、セジュンの問いは自分の胸に重く残る。

濱田は透里に特別な思い入れを持っている。執着心と言ってもいい。そしてそれは透里を殴るかたちにまで進んでいる。

自分勝手な想いではある。批難されても不思議はない。そしてセジュンが問うたのは、心のかたちの違いだろう。

誰かに特別な思い入れがあったとき、それを分かつものはなにかと。

やさしくしたい。大事にしたい。その想いに嘘はない。

ただ、誰かに踏みこむという行為は、ある意味危険だ。自分自身が相手に合わせて変わらなければ、逆に相手を自分に合わせて捻《ね》じ曲げる。

たんなる深読みかもしれないが、セジュンはこちらの覚悟をたずねたのかもしれない。

「だが、その覚悟をしめすのはきみにではない」

甲斐谷が低く洩らし、するとごく近くから「え？」という返事が戻った。気づかぬうちに昼休憩を終わらせた秘書が戻ってきていたのだ。

「いやすまないね。独り言だ」

断ってから、甲斐谷は自身の心に向き直る。

セジュンは彼なりにあの青年に心を傾けている。だからこその警告だ。

しかし自分は透里を支配するつもりはない。

――もしかすると、パンダさん成分が満タンになったからかもしれません。

そうであればいいと思う。ゆるやかに満ちて、溢れて、こちらに流れてくればいい。

ゆっくりと生き直しているかのように感じられるあの子がなによりも大切だ。それ以外はすべてささいなことだと思えた。

両親の初盆が終わり、大学の夏季休暇のさなかでも、透里は自分がすべきことに追われている。

パンダさんがワインに関するセミナーや、講習会に申しこんでくれたからだ。

彼の勧める勉強会は、どれを受けてもすぐれた内容になっていて、透里にとっては身になるものばかりだった。自宅でも講習会のテキストや、パンダさんに借りた書籍を読みこんでいて、それなりにワインの知識が増えてきたと感じている。

けれども、両親が選んだ最後のワインについてはまだ手がかりになるものは掴めなかった。いつになればあのワインに手が届くのか。それともそんな日は来ないのか。

あせり、落ちこむ日もあるけれど、自分がやると決めたことを簡単にあきらめて放り出したいとは思わなかった。

そして、今夜もパンダさんに誘われて、透里は都心の店に出向く。

「待たせたかい」

「いいえ。僕もいま来たところです」

パンダさんはブルーグレーのサマースーツを身に着けていた。夏らしく少し淡い色調のそれは、白いシャツと深い青みのあるネクタイにとてもよく合っている。

素敵だなあと、ここ最近は毎回おぼえる鼓動の速さを感じながら、透里は彼と店に入る。

「ここはワインの品揃《ぞろ》えと、そのクオリティの高さが売りになっているんだ」

ジャズピアノの生演奏がある店内はビュッフェ形式になっていて、テーブルのひとつに近寄ったパンダさんが、そこに並んだワインを見て教えてくれる。

「今夜はオーナーセレクトのワインの試飲会だから、少しずつ順番にためしていこうか」

「はい」

「ガメイ種のワインなら、つまみはフレッシュチーズがいいかな」

色鮮やかな赤ワインをグラスに注ぎ、彼は小皿にチーズとオリーブを取り分けて渡してくれる。

「ありがとうございます」

「いえいえ。お安いご用です」

冗談交じりのそれに、互いの目を見合わせる。

「あ。いま笑った?」

「そ、そうでしょうか」

「うん。笑ったよ。確かに頬がゆるんでた」

そんなささいなことで、とてもうれしそうな様子になるパンダさん。

それを見ている透里の胸には、いつものようにほわほわした感覚が生まれている。

「楽しいからです」

いまの気分がそんな言葉をこぼれさせる。

「いつも僕はあなたといると楽しいです」

「透里くん」

彼がぐっと唇を引き締める。

あれっと思ったその直後、彼はひとつ咳払《せきばら》いして聞いてきた。

「その。最近はどう？」

「どう、ですか？」

見当がつかなくて、透里は逆に問い返す。

パンダさんは赤ワインのグラスを手に、真面目な顔で問いかけた。

「濱田というあの青年だが」

「ほかのひとがいるときは近づいてきませんから。前より距離がひらいたかもしれません」

濱田に殴られたのをきっかけに、透里の周囲には声をかけてくる知り合いが増えている。

それもあってかもしれないが、美濃《みの》をはじめとするグループといるときには、濱田は絶対近寄ろうとしなかった。

「それならいいが。もしも変わったことがあったら」

そこまで彼が言ったとき、突然透里は痛みの感覚に襲われた。

「痛……っ」

「どうした」

「目が」

右目に異変が生じている。まばたきをくり返しても痛みが消えない。手で擦《こす》ってもおなじだった。

「待って。そんなに擦っちゃ駄目だ」

見てあげると彼が言う。直後に顎に手を添えられて上を仰ぐ姿勢にされた。

「痛むのはこっちだね。目を開けられる？」

目をしばたたかせて彼の指示にしたがった。と、すごく近いところからこちらを覗きこむ彼の顔が。

「……あ」

内心あせってのけぞろうとしたけれど、二の腕を摑んでくる男の腕にはばまれた。

「逃げないで」

透里をその場に固定させ、彼が上からかぶさるような姿勢でいる。

そうされると、前にキスされたときの記憶がよみがえり、頭のなかに渦が巻いた。

「パ、パンダさん……っ」

「大丈夫。すぐに取ってあげるから」

ではなくて、こんなに近づかないでほしい。このままだと身体がどんどん熱くなる。透里は早く離れてほしいと願ったけれど、そのくせ彼の存在を全身で意識する自分がいた。

「ほら取れた」

透里の目の縁に触れていた男の指が、もう一度さっと動くと、突然痛みが消えうせた。

「まばたきして。もう大丈夫？」

言われたとおり、涙がにじんだ両目をゆっくり開閉させた。

「はい。もう痛くありません」

「そう」

ほっとしたふうに言ってから、彼がやさしく微笑する。

「睫毛《まつげ》が目のなかに入っていたんだ。すぐに取れてよかったよ」

そう言う彼の手は透里の頰をつつむ位置に置かれている。

見つめ合いながら透里が礼を言おうとしたとき、彼の背後から英語での声かけが来た。

身体を傾けて彼越しに窺えば、呼びかけたのは金髪の綺麗な女性。振り向いたパンダさんは彼女と会ったことがあるのか、気軽な調子で会話をはじめる。透里はそこそこには英語の聞き取りができるので、パンダさんと彼女とがこうしたイベントでたまに会うこと、ワインの好みが似通っていて話が合うことがわかってしまった。

　透里がなすすべもなく突っ立ったままでいると、黒いドレスをセンス良く着こなしている彼女がつと足を進めて、パンダさんに正面から抱きつくような姿勢になった。ハッとする透里をよそに、彼女はその体勢から身をよじって顔だけをこちらのほうに覗かせてくる。

「こんばんは」

　どうやら日本語もしゃべれるらしく、なめらかな発音だった。

「ノンアルコールのテーブルはあちらにあるわよ」

「きみ。この子は成人しているよ」

　パンダさんが顔をしかめて指摘する。彼女は悪びれたふうもなく「あら」と綺麗なカーブを描いている両眉をあげてみせた。

「ごめんなさいね。わたしはてっきり未成年かと」

　それから元の姿勢に戻ると、パンダさんを肘で小突いた。

　そのあとは英語の会話になったけれど、彼女が目の前の男に向かって《いつもと毛色が違うじゃないの。悪いひとね、こんな可愛い男の子にまで》と言うのがわかる。

《この子はそんな話じゃないさ》

《だって、さっきキスしてたでしょ》

《あれは違う。勘違いだ》

それ以上聞いていられない気分になって、透里はテーブルをぐるっと回り、彼らの立つ場所から離れた。

「透里くん⁉」

そんな声が聞こえたような気がしたけれど、動き出した足は自分ではとめられなかった。

透里は小走りに店を飛び出し、ただ闇雲に夜の街をひとりで駆けた。


なにをやっている。勝手に店を出てしまって。

そんな想いはあるものの、足はいっこうにとまらない。

会話から外されて、まるで拗《す》ねた子供みたいだ。パンダさんだって、驚いたし、呆れただろう。

こんな衝動的な振る舞いはおぼえがなくて、すみませんと店に戻る方法がわからない。

それに……いまは戻りたくない。

あの美しい女のひとと、パンダさんが一緒にいるところを見たくない。

透里が街路の人波のなか、ひたすら歩みを進めていたら、ふいに後ろから腕を取られた。

「待って、透里くん」

パンダさんに追いつかれた。心臓を撥《は》ねあげた透里が反射で振り向いて、今度はまた違う意味で驚いた。

「パンダさん……」

彼は幾分髪を乱し、肩を上下させている。ずいぶん急いで追いかけてきてくれたのだ。無礼な態度で勝手に店を飛び出した自分のために。

「すみません」

それだけですませられるおこないではなかったけれど、言い訳すら思いつかない自分がほとほと情けない。

「勝手なことをして」

「それはいいけど、ひとりで歩くのはあぶないよ。夜だし、このあたりも最近はいろんなひとがいるからね」

送っていくからと彼に言われて、透里は力なくうなずいた。

「はい。すみません」

本当はあの部屋に戻りたくない気分だった。世間知らずの子供よろしく彼に送り届けられ、眠れないまま朝まであの部屋でじっとしている。

それはきっとつらいことかもしれないけれど、呆れられる真似《まね》をした自分がそもそも悪いのだから。

「ええと」

パンダさんは透里の二の腕を捉えたまま、なんとなく躊躇している。しばらくそうして考えこむようにしていたあとで、透里と歩道の端により、流しのタクシーをつかまえた。

「青葉台《あおばだい》まで」

タクシーに乗ったあと、彼が運転手に告げた行き先は透里のマンションがある地区とは違うところだ。

（青葉台って……）

確かパンダさんの住んでいるところじゃないか。

なぜそこにと戸惑って隣を見たが、彼はそれには反応せずに前を向いたままでいる。

結局透里はそのわけを知ることがないままに、やがて彼が指示した場所にある家の前で車を降りた。

「ここは、あの、パンダさんの？」

「そう」

言葉少なに彼が応じる。やはり怒っているのだろうか。透里が迷惑なことをしたから。

「入って」

このあたりは閑静な住宅街で、人通りはほとんどない。見ればまわりも大きな一戸建てが多く、マンションもあるようだったが高さを低層階までにとどめているようだった。

パンダさんは透里の手を取って、甲斐谷の表札がある家の門から玄関へと向かっていく。南欧風のしゃれた外観の建物は、そのなかに入っても印象を変えないままに客人を迎えてくれる。透里は彼にみちびかれてリビングに行き着くと、そこにあったアンティーク風の大きなソファに座らされた。

「ここで待ってて」

彼が言い置いてこの場を離れ、ややあってから戻ってきたとき手にはマグカップを持っていた。

「はいどうぞ」

礼を言って受け取れば、中身は温めたミルクだった。猫舌の透里にもすぐ飲めるようぬるい温度になっている。

「ありがとうございます」

両手で受け取って、透里はそれを摑んだまま動けない。自分の愚かな行動をどう言えばいいのかもわからなかった。

パンダさんは透里の隣の席に座るのかと思いきや、その手前の床の上に膝をついた。

「あの」

面食らってつぶやくと、彼が下から見あげて告げる。

「さっきは悪かった」

彼にあやまられるおぼえはない。むしろ失礼な真似をしたのは自分のほうだ。

「彼女との英語の会話。きみは聞き取れていたのだろう」

それはそうだが……と透里が面食らっていれば、彼がまたも言葉を足した。

「きみを子供扱いして蚊帳《かや》の外に置くつもりじゃなかったんだ。配慮が足りずにきみを傷つけて悪かった」

「僕は、その」

「なにがあってもきみを傷つけない。そんなふうな大口を叩いておいて、このざまだ。本当にすまなかったと思っているよ」

「そんな」

そこまで言ってもらえるほど自分はいいものと思われない。

でも……パンダさんはこんな自分に資格があると言ったのだ。

不器用だが誠実で、大切に思うとも。

「僕は……」

本当のことを言えと透里は念じた。

たとえそれに自分が値しなくても。

「嫌だったんです」

「なにが？」

「女のひととあなたが親しくしているのが」

みっともない台詞だった。だけど、これが自分の本音だ。

「僕は子供で、あなたとの距離がある。それがつらくて。僕には欠けているものがたくさんあるので」

「欠けている」

「そうです」

パンダさんはしばらく口を閉ざしていた。

これはいよいよ愛想を尽かされたのか。そんなふうにも思ったけれど、透里はふと違和感をおぼえてしまった。

「パンダさん？」

「この場所でそれを聞いたら、思い出してしまったよ」

放心したようにつぶやいてから、彼はふっと言葉を継いだ。

「きみはこの家をどう思う？」

あきらかに話題を変えたと感じたけれど、透里はあたりを見回した。

「大きくて、綺麗な家です。それに、ここには心を通わせ合うひとたちがいて、この場所を大切にしてきたような。いい想い出の名残《なごり》があちこちから感じられます」

つかの間の沈黙をはさんでから彼が応じる。

「やはりきみは勘がいいね」

彼はおもむろに部屋の一角を指さした。

「あの花瓶は父が金沢《かなざわ》への出張でお土産《みやげ》にしたものだ。九谷焼《くたにやき》が母は好きでね。白と金が美しいだろ」

透里がこっくりうなずくと、彼はまた別のほうを指ししめす。

「あの茶器は週末に使っていた。父はナティージャという菓子が好きで、しょっちゅうそれが出てきたものだ」

「ナティージャって？」

「スペインの菓子。カスタードクリーム風で、少しプリンに似てるかな。父は何回もお代わりをしたがって、母によく叱られていた」

棚に飾られているたくさんの写真立てには家族のものだろう写真が並んでいる。

若いふたりが海を背景に楽しそうにハグしあっているところ。赤ちゃんを抱いた母親と、その脇に立つ父親と。それに、入学式だろうか、桜の木の下で子供を真ん中に微笑《ほほえ》む両親。それからこのひとの祖母や祖父らしき、年配の男女の姿。

幾層にも積み重なった家族の記憶がそこにはあった。

うらやましいと刹那に思い、そのあと透里は気がついた。

あたたかなこれらの想い出は、しかし過ぎ去った淡い気配しか残していない。

もうこの場所は新しい時を紡《つむ》ぐことはない。

だって。なぜなら……。

「欠けていく。少しずつうしなわれていく」

そんな言葉が無意識にこぼれ落ちた。

「大事なものが自分のなかから消えていく」

自分でない何者かが自分を通して話をしている。そんな感覚に浸されながら、透里はもはやとめられないまま言葉の数々を紡ぎ出した。

「わたしの家のワイナリーであのひとと出会ったこと——愛するひとの生まれた国は美しい桜が満開に咲いていて、そこでふたりの生活をはじめたこと——可愛《いと》いあの子が生まれたこと——ちいさなあの子はミルクのにおい。腕に抱いた重ささえも愛しくて、あのひとと飽きずに寝顔を見守った——そんなことがわたしのなかから蒸発してなくなっていく。まるで最初からなかったように」

そこまで語って、透里はハッとわれに返った。

「透里くん。きみは」

パンダさんも自分とおなじく驚いて、当惑している表情だ。

まさかというふうに透里を見つめ、唾を呑んでから口をひらいた。

「もしかして、この家の母の記憶と同調したのか」

「そう、なんでしょうか」

自分ではわからなかった。勝手に言葉が出ただけだ。

ただ……うしなわれていくものを霧《きり》のなかで手探りしている感覚はいまも心に残っている。

焦り、苛立ち。そして哀しい。ただただせつない。

そんな想いに駆られて、透里が思わず両腕を差し伸べる。それに誘われるようにしゃがんでいたパンダさんが近づいてきて、透里の薄い胸のところに顔を寄せる。すると、またどこかから降りてきた想いが言葉をかたちづくる。

「愛しいあの子の背丈を測った柱のしるしは、いまはすでにわたしよりも高くなった——大学に入るのね。家を出てひとり暮らしをはじめるのね。どうか身体に気をつけて。別々に暮らしていても、ずっとずっとあなたのことを想っているわ」

透里の細い腕に抱かれて、彼はなにも言わなかった。息さえも詰めているのか、その身体はほんの少しも動かない。

「大好きよ。愛しているわ。わたしの謙《けん》」

そこで透里と繋がっていた糸が切れる感覚がした。

唐突にはじまって、いきなり終わったそれに透里はまだ現実感が戻らない。

そのままぼんやりしていたら、胸のなかの彼がわずかに身じろいだ。

「あ……。すみません」

自分よりひと回りも年上の大人の男を抱きかかえる格好でいた。あわてて彼から身を引くと、透里の腕が摑まれる。

「きみは」

「こんなことを言うつもりじゃなかったんです。なぜか勝手に口が動いて」

いつになく彼は怖い顔をしている。思いつきのでたらめをべらべらしゃべったと、気を悪くしたのだろうか。

彼は透里を睨むようにしばらく凝視していたあとで、大きく息を吐き出した。

「心臓がとまったかと思ったよ」

「すみません」

「いや。きみが悪いんじゃない。ただ俺は……驚いてしまっただけだ」

紅茶を淹《い》れてくる時間を俺にくれるかい。パンダさんはそう断ると、透里から手を離して立ちあがる。

しばらくして戻ってきた彼は手にふたつのマグカップを持っていた。

「俺のはブランデー入りだけど、この際だから大目に見てくれ」

言いながら、透里にカップを手渡すと、自分はソファに腰かける。透里の隣でカップの中身をごくごく飲むと、またも大きく息をついた。

「きみもそれなりにわかっていると思うけれど、いまの俺の気持ちを整理するためにも説明させてくれないか」

うなずくと、低い声音で彼が透里に語りはじめる。

「俺の母は若年性の認知症にかかってね。いまはすでに夫のことも息子のことも忘れてしまった。自分が日本にいることがなぜなのかわからずに、ひどく混乱して取り乱し、結局スペインの実家に戻るしかなくなった。父は、しかしそんな妻をあきらめて別れる気にはなれないと言ったんだ。だからいまこの家には俺ひとりが住むだけだ」

淡々とした話しぶりがかえって胸を苦しくさせる。適当な相槌《あいづち》も打てないままに透里は彼の言葉を待った。

「母を追いかけてスペインに渡った父は、母の実家のワイナリーに住みこみではたらきはじめた。もともと知識はあったことだし、いまは毎年高品質のワインづくりに努めているよ。もっとも母は父と結婚していたことを忘れてしまっているんだけどね。それにめげず、父のほうは毎回ときめく出会いがあると言いきって、母の傍から離れない」

忘れてもめぐり合い、失われてもやり直す。それは生半可な気持ちではできないことだ。

「パンダさんのお父さんは深い愛情と、強い心の持ち主ですね」

本心からそう言った。彼はちょっと照れたふうに笑ったあとで「俺も本当にそう思う」とつぶやいた。

「だからまあ、きみも知っているとおり、父の会社はひとまず俺が引き継いだ。父は人手に渡してもかまわないと言ったんだが、いつかふたりが帰ってくるような気がしてね。家も会社もそのままにしようと思った」

それがどれだけ大変なことなのか、いまの透里には想像がつく。

このひとは帰るあてもない両親をただ待って、一切合財を捨てずに持ち続けているのだった。

彼らへの愛情だけをよすがにして。

「パンダさんもおなじです」

「うん？」

「パンダさんのお父さんと」

告げると彼はぐっと息を呑みこんだ。それから硬い声音で言う。

「そういう殺し文句を言わない。俺はいま、結構駄目になっているから」

そんなつもりではなかったけれど、自分はなにかおかしなことを言っただろうか。

透里が内心あわてていたら、彼が身体を傾けてきた。

「パンダさん？」

「すまないが、少し寄りかからせてくれ」

こちらの肩に顔を寄せるその仕草は、透里が初めて見るものだ。

「きみにはまいった」

「あの」

すみませんという前に、彼がぼそりと声を落とした。

「元からそうだったが、今夜は特に」

身を縮ませて横目で見やると、彼は長い睫毛を伏せて腕組みの姿勢でいる。そうして唇だけを動かして、独り言の調子で話す。

「きみは本当に不思議な子だね。うっかり傷つけてしまったとあせったあげく、ひとりぼっちで置いていくのはしのびないと俺の家に連れてきたら、思いもかけないことをする」

誰にも弱音は吐かないつもりでいたのにね。パンダさんはささやくようにそう言った。

「さっき、俺に大好きと言ってくれたろ。あれは胸に響いたよ」

「あの言葉は」

「うん。母の記憶とシンクロしていたからだろう。それはわかっているんだけどね」

彼がゆるやかに姿勢を戻し、透里を視線を合わせてくる。

「きみはほんとになんなんだろうね。俺の人生に割りこんできて、いつの間にか忘れられないひとになった。母の記憶に感傷的になっているのかもしれないけれど、いまは無性にもう一度聞かせてほしいよ」

「なにをですか」

「俺を大好きって。愛してるって、言葉だけでも聞かせてほしい」

いまだけ、もう一回限りでいいと彼は言う。

見つめる眸がとても綺麗でせつなくて、透里はおずおずとその言葉を口にした。

「あなたのことが大好きです」

「うん」

「愛しています」

言葉だけと彼は言ったが、その台詞を口にすると透里の胸が苦しくなった。ずきずきするほど痛くなって、たまらない気持ちになる。

「もう一度」

この次は言いたくない。だって、もうすでにこのひとのお母さんの気持ちは消えてしまっている。

これ以上はお母さんの名残ではなく、むしろ自分の。

そう思って、なのに透里はその言葉を口にした。

「大好きです」

「うん」

直後に彼は透里を胸に抱き寄せた。

「あ……」

「悪い。だけど、今晩は」

抱かれているというよりも、彼にすがりつかれている。そんなふうに感じるのは透里の勘違いなのだろうか。

だけどそれでもかまわなかった。

弱いところなど見せたことのないこのひとが、いまはこうして自分に癒しを求めているのだから。

何度でもこうしてあげたい。

ちょっとでも気が晴れるなら、どんなことでもしてあげたい。

そんなことを考えて、ふっとこのひともそうだったのかと考えた。

やさしくしたいと思うのは自分のためばかりじゃない。

どこかが欠けている寂しい心が求めているから。

「パンダさん」

透里はいつもとは反対に彼の頭をそっと撫でた。

「僕がいます」

そうささやいて、透里は彼を抱き締める。

ほんのわずかでもこのぬくもりが伝わりますよう。

少しでも傍にいることで癒されますよう。

「僕がここにいますから」

静かな夜。ひそやかに寄り添う時間。

たぶん今夜は三日月で――こんなふたりを欠けた月が見守っている。

いつしか季節がめぐり、薄着では肌寒く感じるこの頃。透里は大学の校舎を出て、木立に囲まれた一角へと足を運んだ。

広いキャンパス内には学生たちがあまり来ない場所があり、空き時間にはそこのベンチで読書をするのが最近の習慣になっている。

今日も講義と次の講義の待ち時間に、透里がそちらに向かっていくと、普段は見ない姿があった。

「美濃さん？」

流行《はや》りの服に、よく手入れされているロングヘア。ブランド物のバッグを横に彼女はこちらに視線を向ける。

「ああ透里くん。ここに用？」

「僕は本を読もうと思って」

「ふうん、そっか。もしかしておじゃました？」

「ううん。美濃さんが先にいたから」

「そっか。そうよね」

彼女はどこか気持ちがよそにあるような返事をすると、自分が座るベンチの隣の座面を叩く。座れということかなと承知して、透里はその場所に腰を下ろした。

透里を横に、しかし彼女はなにも言わない。これは透里がいままでに知っていた姿とは違うようだ。いつもなら仲のいい女子たちと一緒にいて、そのなかでもひときわ精彩を放っている彼女なのに。

学期があらたまり、透里がまた大学に通うようになってから、彼女たち四人組は愛想のない自分にしょっちゅう声をかけてはおなじ時間を過ごしたがった。

女子学生のなかでも飛び抜けて華やかなグループだったが、親しくなればその内実は世話焼きで情のあるタイプばかりと理解できる。会話はファッションやグルメや旅行や買い物などがほとんどだったが、誰と優劣をつけるでもなく楽しそうに自分の体験や感想を述べるだけ。透里はそれにただ耳を傾けてうなずくのみだが気は楽だった。

「あのね、透里くん。いつもうるさくしててごめんね」

「うるさいなんて思ってない」

「ほんと?」

「本当」

「そっか。よかった」

笑った顔にはいつもの無邪気さが欠けていて、どこか頼りない風情《ふぜい》がある。

彼女はふと視線を落とすと、自分のバッグのチャームを指先で摘まみあげた。そうして手遊びのようにそれを意味なくいじっている。

「まわりの連中がさあ、透里くんをペットにして調子に乗ってるって噂《うわさ》してるのも知ってるんだ。だけど、違うからね。そりゃ、一緒にいてくれればちょっとした優越感での？　そんなのも最初のころはあったけど、いまは仲間だと思ってるから」

噂は知らなかったけれど、透里は「うん」と首を振る。

「仲良くしてくれてうれしいのは僕のほう」

そこはきっぱり言いきると、彼女はふっと微笑んだ。

「そっか。よかった」

それから互いに黙ったまま時が流れる。ずいぶん経《た》ったかと思ったころ、彼女がぽそりと言葉を落とした。

「あのさあ。ちょっと独り言しゃべっていい？」

「どうぞ」

「ほんと？　面倒だったら、いつでもどっかに行っていいから」

そんなふうに前置きし、彼女はぽつぽつ語りはじめる。聞いているうちに、その内容は彼女の恋愛話とわかった。

「最初はさあ、なんか地味なおじさんだって思ったんだ」

美濃はこの夏、代官山《だいかんやま》のセレクトショップでバイトをしていた。そして、その店が銀座《ぎんざ》にあるデパートの催事場に期間を限って出店することになり、そちらの応援に出向いていたということだった。

「ごちゃごちゃした売り場だなって思ったけど、まあ半月あまりのことだし、また元のすっきりしたビルの店に戻れるしって。だけどやっぱり不慣れなところで結構失敗しちゃってね」

接客でかなりのミスを犯してしまい、クレームになりかけたその場面で、デパートのフロアマネージャーがあいだに入り、結果として事なきを得たのだった。

「いちおうそのひとは知ってたんだ。朝礼とかで毎日顔を合わせていたしね。だけど、はっきり意識したのはそれが最初」

美濃はそれから彼のことが気になりはじめ、機会があれば積極的に話しかけ、彼の目にとまるように仕事も励んでいたという。

「嫌われてはいなかったと思うんだ。いつもにこにこ挨拶を返してくれるし、つまんないことを聞きに行っても真面目に考えてくれるしね」

なるほどと透里はうなずく。

「お昼の食事に時間を合わせるのは無理だから、デパートを出たあとに裏口で待ち構えて『あら、偶然ですね』なんてこともやってみた」

「それは……」

積極的な行動に透里は目を丸くする。美濃は艶《つや》のある前髪を掻きあげた。

「わかってる。自分でもびっくりよ。だけどしょうがないじゃない。こっちのベクトルが全部あっちに向かうんだもの」

それでも一方的に迫りまくって困らせたくはないと言う。

「向こうは社会人。こっちはただの学生バイトの立場でしょう。迷惑かけたらどうしようって」

「それは……わかる」

思わず洩らすと、彼女は驚いた顔をした。

「わかる？」

「うん。立場が違うのも。迷惑をかけたくないのも」

「だよね」

彼女はゆるく髪を揺らした。

「不倫とかじゃないからね。いくら好きになったからって、あたしとしてもそこまでは」

そう断って、彼女は続ける。

「催事期間は『あら偶然』が通用するけど、終わっちゃったらそこまででしょ。だから、あのひとに拝んで頼んで仕事帰りにお茶する時間をくださいって。もう必死になって、どうにかオーケイをもらったんだ」

「美濃さんが？」

彼女なら苦もなくお茶の相手くらい見つかりそうなものなのだが。

「自分でも不思議なんだ。なんでこんなにハマっちゃったんだろうって。だけどこういうのって理屈じゃないでしょ」

「うん」

彼女の言うことは理解できる。理由なんて意味がないのだ。自分の意識がただひたすらに相手に向かう、そのことに理屈はない。

「いまでもお茶を飲むだけなの。彼のほうは遅くに女性を出歩かせるのは心配だって、駅まで毎回送ってくれるし、家に着いたらすぐにメッセージを送るように言ってくれる。それはうれしい。こっちが勝手に追っかけ回しているだけなのに、気を遣ってくれるから」

だけど、と彼女は表情を曇らせる。

「結局、我儘《わがまま》娘につき合わせているだけって思うとね。それって、相手の懐《ふところ》の深さに甘えているわけじゃん。いくらこっちが頑張っても望みなんてないのかなって考えるし、じれったいけどはっきりさせるのも怖いんだ」

それもすごくよくわかる。

パンダさんはあの晩に心弱りな部分を見せたが、それもつかの間のことだった。

明け方前には元の調子を取り戻し、透里にあやまると客間に泊めてくれたのだ。そして、その翌朝にはすっかりいつものパンダさんで、ふたたび透里は世話を焼かれる立場になった。

「彼とお茶をしてるときはふわふわしてて、だけど家に帰ったらどっと落ちこんでしまうんだ。ああも言えばよかったとか、あんなことは言わなければよかったって。それで次に会えるときまでもやもやもだもだしっぱなし」

透里はそれも痛いほどよくわかる。

パンダさんと会うたびに動悸がするし、前よりもいっそう彼を意識するようになった気がする。けれども彼はいつでもおだやかで、やさしくて、あの晩に抱き合ったことなんかまるでなかったふうだった。

透里だけが引きずっていて、もっと彼になにかせねばとあせってみたり、調子はどうですかと聞いてみたり。

パンダさんは——大丈夫。ありがとう——とやんわり断るだけなのに。

「この話はね、あの子たちにはしていないんだ。らしくないって言われるだろうし、ほんのいっとき熱をあげてるだけだって思われるのは嫌だから」

でもさあ、と彼女は綺麗な唇から息を吐き出す。

「困ったところを助けてもらって、のぼせあがっているだけだって思われるかもしれないけど。どんな恋だって、一生続くかどうかなんてわからないじゃん。そのときはそのつもりでも。だから、あたしのこれも本物かどうかなんて、いま決めて欲しくないんだ。あたしがわかるのは、これまでとはまったく違う想いをかかえる自分がいるって、ただそれだけだから」

それにも激しく同意する。そして透里は気がついた。

彼女はこの気持ちを『恋』と言った。

美濃はそのひとに恋をしている。すべてのベクトルがそのひとに向かうとも。

だったら、自分のこの気持ちもそうなのか？

「透里くん、ありがとね」

突然礼を述べられて、驚いてまばたきした。彼女は照れくさそうな顔で、うつむきがちに言葉を寄越す。

「ほんとに理解して聞いてくれてる感じがしてて、ついついしゃべり過ぎちゃった。最後まで聞いてくれてサンキュでした」

「ううん。僕こそ」

そこまで言ったときだった。彼女がふいに背後の木立を振り返る。

「ちょっと、そこ。誰かいるの」

ハッとして透里も後ろに視線をめぐらす。と、大急ぎで逃げていく男の背中が目に入った。

「あれは」

濱田のように思えるが。

「透里くん。これを見て」

ややあってから、彼女が自分のスマートフォンを見せてくる。

とっさのことながら彼女はそれで動画を撮っていたようだ。彼女の素早さに舌を巻きつつ見せてもらったその画像には、やはり見覚えのある姿が写る。拡大して見せてもらって、もはや勘違いのしようもなくはっきりした。

「これ、濱田じゃない」

美濃にもそれがわかったらしい。嫌そうに頬を歪《ゆが》めて告げてくる。

「あいつ、なんで立ち聞きなんかしてるのよ」

変に言いふらしでもしたら、絶対許さないんだから。

息まく彼女と同様に、透里もまた複雑な感情をおぼえていた。

濱田はいつでも透里に対して、自分の正しさを全開にしていた。こっそりと立ち聞きするのは彼には似つかわしくない気がする。

それとも……自分が知らないだけなのか。

濱田が透里を理解していないのと同様に、こちらもまた彼の本質を見極めてはいないのか。

長年一緒にいても、いまはこれだけ遠いと感じる。

それは自分の不出来さゆえかもしれないが。

「行こう。透里くん」

「ああ……うん」

透里は腹にわだかまるしこりに似たものを感じつつ、美濃と校舎に戻っていった。


その晩の透里にはパンダさんに言うことがみっつあった。

ひとつめは濱田のこと。パンダさんが以前に濱田の動向を気にしていたから、知らせておこうと思ったのだ。

透里が美濃と一緒にいたとき、立ち聞きされていたことを彼に話すと、険しい顔つきで腕を組んだ。

「濱田とは距離が開いたと、きみから聞いていたんだが、これはちょっと気をつけないとならないかもね」

そのほかに濱田からおかしな真似をされていないか彼が問う。

「とくにはなにも。最近はほとんど話をしていません」

「そう。ならいいが。セジュンが前に言っていたことも気になるし、今度彼に連絡して確かめよう」

「前に、ですか」

「ああ。話の流れで少しばかり」

パンダさんは明言を避けたけれど、そういう話をふたりでしていたというのは知らされていなかった。

「僕のことでセジュンさんと連絡を取っていました？」

「ごくたまにだよ。必要なときだけだ」

それは、パンダさんは添い寝客で、セジュンが斡旋業者だから、そうでも不思議はないのだが。

「ともかく」と彼は頬を引き締めた。

「少しでも気にかかることがあったら、すぐ俺に教えてほしい」

「はい」

言葉では同意したものの、少し過保護じゃないかと思う。

「あの。パンダさん」

「なんだい」

「濱田は学生で、いちおう僕の友人だと」

相手はいまではどう思っているのかはわからないが、それほど警戒しなくてもいい存在ではないだろうか。

「そうかもしれない。ただ俺はあとで悔やみたくはない。気になる要因があるのなら、万全を期しておきたいだけだから」

パンダさんがそう言うのなら、透里に特別な不満はなかった。ただいつものように面倒をかけてしまうのが申し訳ない。

互いに欠けた部分を埋め合えることができたら。

パンダさんの家に行ったあの晩にはそう思ったが、透里はいまもお荷物のままだった。

「すみません」

「あやまらなくてもいいんだよ。たぶん俺が気にしすぎだと思うから」

「はい。でも、あの」

「うん？」

「僕も気になっています」

「なにを？」

「あなたが僕を……いいえ。僕が幼くて頼りないから。本音を言える相手ではないのかなって」

パンダさんはなにか言いかけて口を閉ざした。一緒に腰かけているソファの横で考えこむ様子だったが、しばらくしてからぼそりと洩らす。

「きみに対して、俺は高圧的だったかな」

「いいえ」

そんなところは少しもなかった。

「とはいえ、ちょっと大人ぶりすぎてたか」

まいったというふうにパンダさんは頭に手をやる。

「あの晩に、俺はずいぶんとへこたれていただろう。あんなところを見せてしまって、失地回復みたいな気分でいたのかな」

格好悪い話だね、と彼が言う。透里は大きく横に首を振ってみせた。

「格好悪くありません。僕はむしろあの晩に少しだけあなたに近づけた気がしたんです」

「そう？」

「僕ばかりじゃなく、あなたも僕に」

「頼ってほしい？」

「はい」

「そうなのかあ。そうだよね」

得心したふうに彼がうなずく。

「なんにせよ、一方的なのは嫌だよね。お互いさまで助け合うのがいちばんいい」

「はい」

言ってから、透里はソファから立ちあがると、自室に駆け足で行って戻った。

「あの。これを」

差し出したのはこの部屋の鍵《かぎ》だった。

「くれるの？」

「はい。パンダさんに持っていてほしいんです」

「そうか。ありがとう」

パンダさんは大事そうにその鍵を握りこんだ。

「もし僕になにかあったら、駆けていきます」

きっぱりと透里は言った。

「あなたのところに、いちばんに」

「うん。ありがとう」

パンダさんは言ってから、微笑んだ。

「きみにあやまられるよりも、こっちのほうがずっといいね」

そうしてふたりして見つめ合う。

「あ。ひさしぶりに笑ったね」

「ほんとですか」

「頰がちょっとゆるんでいたよ」

透里は両手で自分の頰をはさんでから「そうかも」とつぶやいた。

「笑顔の礼だ。お茶を淹《い》れさせてもらえるかい」

「僕も手伝います」

それでふたりしてキッチンでお湯を沸かして紅茶を淹れた。それをリビングで飲むころにはすっかり雰囲気が和んでいて、透里は本日ふたつめに言うことを口に出せる気持ちになった。

「学校の女友達に今日聞いた話ですけど」

透里はぽつぽつと彼女の事情を打ち明けた。

美濃のバイト先での出来事。彼女がそののちそこのフロアマネージャーとお茶までこぎつけたこと。しかし、それ以上の関係にまでなれないし、相手の気持ちもよくわからないことなどを。

「彼女はこれが恋なんだって言うんですけど、もしもパンダさんが彼女だったらどう思います?」

聞いたら、彼はあれっという顔をした。

「え。そっち? 女の子のほう?」

言ったあと「う～ん」と天井を見あげてしまう。それからややあって、ぐっとこぶしを握りこみ、

「当たって砕けろ」

「……でもそれでいいんですか」

砕けてしまっては元も子もない気がするが。

「いいんだよ。大人は面倒くさいんだ。その女の子が足踏みしてたら、事態が進展するまでに、あと一年はかかるから」

「大人は面倒くさいんですか。女の子のほうじゃなく？」

「そう。大人は建前とか世間体とか、そのほかもろもろに足止めされているからね。ここはどーんと体当たりで」

ほんとにそれでいいのだろうか。そのまま彼女にアドバイスはしにくいような。

「あの。ありがとうございます？」

「その口ぶりは信用してない感じだね」

「あっ、いえそんな」

パンダさんを信用していないわけじゃない。案外体当たりのアタックが功を奏するかもしれないし。だけどちょっぴり過激な提案だと思わなくもないような。

透里は困惑したあまり、話題を変える必要を感じてしまった。それで、最後まで言うのをためらっていたみっつめの話を持ち出す。

「パンダさん」

「うん？」

「僕、最近叔父さんとメールのやり取りをしているんです」

「ああ。前にもそう言っていたね」

「それで、その」

ここからが本題だ。透里はこくんと唾を呑んだ。

「毎日のいろんなことを聞かれて答えているうちに、パンダさんのことをついつい伝えていて」

というか、学校以外の生活にパンダさんが関わらない部分がないので、いきおいそうなったのだ。

「それで？」

「一度お会いしたいから都合を聞いてきなさい、と」

『まあた電話の相手ですか。もしかして、あなた、わたしが暇だとか思ってますか』

「こちらも暇だから電話をかけたわけじゃない。気になることを聞いたから」

日帰りでの出張先の駅のホームで、次の新幹線を待つあいだにセジュンを電話口に呼び出して、そう告げる。

「透里くんが学校で女友達と話しているのを濱田が立ち聞きしていたらしい」

『へえ』

「前にきみは濱田がこそこそしていると言ってただろう。それでちょっと気になった」

『それはまあ。さもありなんと言っていいのか、まだ懲《こ》りていないと言っていいのかですねえ』

「懲りていないということは、きみがなんらかの処置をした？」

『尻の青いお坊ちゃま相手ですし、ほんのちょっとした警告だけをね』

だけど復活していましたかとセジュンはこぼす。

「こちらでも透里くんになにかあったら知らせてもらうようにした。彼はそれを承知して、合鍵ももらっているから」

『了解。にしても、ほんとに執念深い性格ですねえ。なのに自分が正しいと思っているから質《たち》が悪い。様子を見て、まずいようなら手は打っておきますよ』

「わかった。頼む」

そこで通話を切るつもりだったけれど、ふと思いつきセジュンに伝える。

「そういえば、透里くんの叔父という男に今度会うことになった」

『ははあ。いよいよ保護者対決ですか。それはちょいと見ものですねえ』

保護者対決。その台詞に甲斐谷は苦笑するしかなくなった。

『どっちが勝ったか、機会があればその顛末《てんまつ》を教えてください』

完全に面白がっている口調だった。

「勝つも負けるもないだろう。相手はあの子の身内なんだ」

『はいはい。そういうことにしておきましょう』

それでセジュンとの会話は終わる。

甲斐谷は新幹線の到着を告げるアナウンスを耳にしながら、少し離れたところで待つ秘書のほうへと足を進めた。

対決するつもりはない。仮にも相手はあの子の身内とわきまえている。

あくまでも大人として、自分があの子と今後も関わっていくことをできるだけ穏便に認めさせておくだけだ。

そう考えて、ふたたび甲斐谷は苦笑した。

できるだけと但《ただ》し書きをつける時点で、精神的には構えの姿勢になっているのかもしれなかった。


パンダさんと透里の叔父との会食は、ホテルの日本料理店でおこなわれる予定だった。

透里が夕刻にホテルに出向くと、パンダさんはすでにロビーで待っていた。透里を見ると、こっちだよと言うふうにかるく手を振る。

「お待たせしました」

今夜の彼はダークグレーのスーツに、遊びの要素がない白いワイシャツ、それにブランドものだろう細かな織りの濃紺のネクタイだった。

ビジネスモードで決めた男は、いつにもまして精悍《せいかん》で隙がない印象だ。その彼と店に入り、個室になっている座敷にふたりで入ってみれば、上座に座って待っていた叔父もまたスーツにネクタイの服装だった。

「今晩はお招きにあずかりまして」

パンダさんが挨拶するのに、透里も一緒に頭を下げる。

「ふたりで来たのか」

いきなりそう言われ、面食らって立ちすくむ。

パンダさんと自分を呼んだのは叔父なので、ふたりで来るのは当然じゃないだろうか。

「まあいい。座りなさい」

それで透里は手前の席に、パンダさんは叔父の正面に腰を下ろした。

「きみが甲斐谷くんだね。透里がちょくちょく世話になっているようだが」

くん呼びにまず驚いた。元々権高いところがあると思っていたが、まさか初対面のパンダさんにこう来るとは。

「はい。微力ながらいつもお力添えさせていただいております」

気のせいだろうか。パンダさんが『いつも』に力をこめたような。

「力添えとはどのようなことなんだね」

「多岐にわたるのでひと口には。ただ、透里くんは目下のところワインに興味があるようなので、少しばかりその手助けを」

「ああ、それは聞いているよ。なんでも講習会やセミナーを紹介してやっているとか。わたしの甥が面倒かけるね」

わたしの。気のせいかそこのところにもなぜか力がこもったような。

透里は困り惑いつつ、叔父の顔を見やったが、彼は正座を崩さずにまっすぐ前を向いたまま
だ。

「お気になさらず。透里くんはとても優秀な受講生として頑張っているようなので、紹介したほうもその甲斐がありました」

「ほう。そうかね。叔父のわたしは気にしなくてもいいのかね」

叔父がピリッとした気配を走らす。パンダさんはそれを悠然と受けとめた。

「それは私にはなんとも」

おまえの胸に聞け。そんなニュアンスを感じたのはたぶん思い過ごしだろうか。

「あー……失礼だが、きみの年齢を聞いてもかまわないかね」

咳払いをひとつしてから叔父が聞く。

「三十二歳になりました」

「それはまた。この子のメールの内容から親しい友人と思っていたが、それほどに歳《とし》が離れていたのかね」

今度、ビリッとした空気感を生じさせたのはパンダさんだ。

「そうですね。私が知り合ったばかりのころは、透里くんはいささか思うにまかせない身の上でもあったようで、年長者として力添えができたことをよかったと思いますよ」

今回露骨にむっとした顔をしたのは叔父のほうだ。

「それは大変ありがたい詰だね。それで、知り合ったばかりというのはいつのころだね」

「今年の初夏ごろになるでしょうか」

「では、まだ半年たらずのことになるのか」

叔父は『まだ』をことさら強調してみせた。

「まあそうなりますね。透里くんがあのマンションに住むようになって、しばらくしてのことですから」

「きみはなにを言いたいんだね」

「とくにはなにも」

「言っておくが、あの件に関してはれっきとした事情があった」

「そうですね。わかりますよ。どなたにでも事情はあります」

ここで叔父は結構な形相でパンダさんを睨みつけた。

透里はもう目を覆いたい気分でいる。

「あの件に関しては誤解だったといまはもう理解している。この子の両親のことについての思い違いもすでに正した。よそさまの詮議を受けるいわれなどないと思うが」

「それですっかり終わったことになったのですね」

「なにもそうは言っとらん」

叔父があきらかに語気を強める。

「わたしたちの関係はこれからだ。そのためにも、この子の話にしょっちゅう出てくる人物に会ってみようとしたのじゃないか」

「そうですか」

すげないという以上に冷ややかな口調だった。

透里はすでに腰を抜かしかけている。これはいったいどういうことで、どうなってしまうのだろう。

「お会いできて光栄でした」

それではまた、とパンダさんが腰をあげそうな気配がする。

ここで終わり？　これはもしかして物別れというものでは。

「待ちなさい」

その雰囲気を察知したのか、叔父がするどく制止する。

「ああ違う。きみは行ってもいいが、その子は置いていきなさい」

「一緒に来たので、当然ですが一緒に帰らせていただきますが」

「透里。おまえはここに残るな？」

叔父の問い、あるいは命令に透里の身体が固まった。

「透里くんを困らせないでくれませんか。この子は本当に身内思いのやさしい性格をしているんです。あなたに強制されてしまえば、動けなくなってしまう」

「きみに言われるまでもない」

叔父は完全にムキになって言い返した。

「透里がやさしい子なのはわたしもよくわかってる」

「そうですか？」

「そうだとも。元々おとなしい質なのも知っているんだ。だから、わたしは変な輩《やから》に付けこまれてはいないかと心配で」

あ。言ってしまった。透里は一瞬で険しくなったパンダさんの顔面を見て思う。

「じつを言うと、俺のほうも心配でした。これまで距離感しかあたえなかった親戚が急に身内ぶる態度になるのもおかしいと」

パンダさんの一人称が『俺』に戻ってしまっている。これはもう完全にファイティングポーズなのでは。

透里は胸が潰れそうな思いをかかえてふたりを眺めることしかできない。

「偶然にめぐり合って、そのあとの年数こそ半年足らずでしかないけれど、透里くんは俺にとって大切な存在です。誰であれ、彼を傷つけてほしくない」

「それはわたしもおなじ気持ちだ」

「本当ですか？」

パンダさんは思いっきり疑わしそうな表情でいる。叔父はカッと顔面を赤くした。

「当たり前だ。兄はわたしをいっさい寄せつけなかったが、親戚の集まりで透里のことは遠くから見知っていたんだ。この子が赤ん坊のときなどは、本当に可愛らしさのかたまりだった」

そんなことはきみはまったく知らないだろうが。叔父は全力で挑発にかかってくる。パンダさんも負けじと反論しはじめた。

「透里くんが可愛いことなど知っています。言葉数こそ少ないが、ちゃんとこちらを思いやる心はある。たとえ自分は我慢してもひとに譲る気持ちもある。繊細だが芯はしっかりしているし、なにより誠実な人柄だと思っていますよ」

「そんなことはわたしだってわかってる」

「しかも、最近では俺の前で笑うようになったんです」

「え。それは……本当かね」

「ええ。頬を心持ちゆるませる程度ですが」

「この子が笑ったところ……それは証拠があるのかね」

「証拠？」

「写真に撮ってみたとかだ」

「それはさすがにありませんが」

「じゃあ撮ってくれ。きみだけがそれを見るのはずるいだろう」

「俺にずるいと言われても。ご自身で透里くんを微笑ませればいいのでは」

パンダさんは、いささか困惑気味の様子だ。

「それができたら苦労はせん。わたしの言いかたがきついから、この子が萎縮してしまうんだ。それは充分わかっているが、一朝一夕になおせるものでもないだろう。だけど誤解が解けたからには、わたしも透里を可愛がりたい」

「……はあ」

パンダさんは相当に戸惑っているようだ。

「なにをすればこの子が笑う？　好きなものをやったり、させたりすればいいのか」

「品物や、行動の許しではたぶん無理です」

「じゃあなんだ」

「この子が大切だという態度を変えず、一緒にいて安心だと思ってもらえれば、あるいはと」

「それでいいのか?」

「はい。きっと」

この時点で、ふたりはすでに透里が同席していることを忘れている。なにやら急速に互いの親交が深まりつつあるような気がするのだが、これも思い違いだろうか。

「よし」と叔父は満足そうにうなずいた。

「きみは、えっと、甲斐谷くんと言ったね。若いのに立派な見識を持つ人物だね」

「恐れ入ります」

「日本酒は飲めるほうかね」

「多少なら」

「それなら、好きな銘柄を言いなさい。料理もすぐに持ってこさせる」

叔父が二度ほど手を叩くと、襖《ふすま》の向こうから着物姿の女性がすぐさま現れる。

「こちらの甲斐谷くんにとっておきの日本酒を勧めてくれ。あと、こっちの子にも好きな飲み物を選ばせて」

まだ事の展開についていけずに透里が混乱しているうちに、どんどん会食が進んでいく。

叔父とパンダさんとは、会社のトップ同士として気が合う話題も多いらしく、ビジネスに関わる情報をなごやかに交換していく姿勢へと変わっている。

酒が進み、料理が運ばれてくるたびに、さっきまでの諍《いさか》いは跡形もなくなって、いまはすでに責任ある社会人同士としての対話に切り替わっていた。

よかった……。それが第一の感想で、透里は安堵する気持ちでいっぱいになっている。

パンダさんも、叔父さんも、喧嘩《けんか》しなくてほんとによかった。

その気持ちは真実で、けれども頭の片隅にはかつて透里がパンダさんから教えてもらったあの言葉が浮かんでいる。

――大人は面倒くさいんだ。大人は建前とか世間体とか、そのほかもろもろに足止めされているからね。

そうなのかもしれないなあと透里はしみじみとそんな感想を持ったのだった。

透里に関する三者面談。そんなニュアンスのある会食のあと、叔父はパンダさんにひとまず及第点をつけたようだ。叔父とのメールにパンダさんの話題を出しても、機嫌のよさそうな応えが返ってくるところから、そんな気持ちが汲《く》み取れる。

けれども透里は少しばかり複雑な心境だった。

あのときのパンダさんはもうひとりの保護者のような立ち回りを演じていた。

あるいは理解ある年長者の役回りを。

親切な保護者のひと。パンダさんが求めている立ち位置はそれだけのものなのだろうか。

だけど……キスはしたのにと透里は思う。

久しぶりに添い寝を求められた晩、透里は彼と一緒のベッドに横たわり、深いキスをされたのだ。

あのときはパニックを起こすほど気持ちがいっぱいいっぱいで、あげくあのひとを無理やりに眠らせた。

してくれとも頼まれていないのに、強制的なシャットダウン。

翌朝、透里はやらかした感にまみれて、パンダさんにあやまることで一生懸命。結局ふたりがキスしたことはうやむやになってしまった。

そしてそのあとも、キスについての一件を蒸し返す勇気もタイミングも掴めなくてここまで来ていたのだった。

だけど、透里はパンダさんがどう思っているのか知りたい。

保護者をまっとうする気なのか、それとも多少はその上を求めているのか。

それに……自分自身についてもそうだ。

パンダさんには親切な理解者でいてほしいのか。あるいはもっとその先を欲しているのか。

さまざまに思い悩み、しかし絶対にこれだという解答が見つからない。

どうにもじっとしていられずに、透里は添い寝に使っている寝室に行き、パジャマ姿でその真ん中に立ってみた。

あの晩はこのあたりでパンダさんが着替えをしていた。上着を脱ぎ、ネクタイを取り、シャツとスラックスとを脱ぎ去って、下着一枚の姿になった。

その折の彼の姿を想像すれば、心拍数があがってきたし、なんだか下腹も変な感じになってくる。

あのとき見ていた裸に近い彼の姿は……すごく……なんというのか、すごいとしかいいようのない感じだった。ただ見ているだけ、傍に立っているだけでくらくらしてしまうほどに。

透里は頰を赤くしながらそろそろとベッドのほうに近づいた。

パンダさんはこのベッドに横たわって――こっちにおいで――と言ったのだ。

透里はあのときとおなじように、ベッドに寝転がってみた。

――パンダさんも揺らいでいますか。

彼は眸に暗い青を宿していて、透里が聞いたらこう言った。

――きみにキスをしたいから。

そして、そのとおりのことをしたのだ。

最初は頰にキス。それから唇にも。そのあと舌を絡《から》めてくる長いキス。

そこまで思い出し、透里はもじもじと両足を動かした。

下腹の変調はますます強くなっていて、透里はそっとそこをさわった。そうしながらも彼との出来事を脳裏に描く。

キスが終わって、彼は透里の頬を両手でつつみ――どうだった――と聞いてきた。

その先を誘うような男の声。すぐ目の前にある濡れた唇が動くのが胸の奥をざわつかせて、透里はそこから目が離せなくなったのだ。

「……ん」

透里はますます兆《きざ》してくるその部分を服の上から撫でたあと、少しばかりためらってからズボンのなかに自分の手を忍びこませる。

こんなことはめったにしない。なのに今夜はどうしようもなくその箇所が疼《うず》いていた。

透里は我慢できなくて、そこを握り、ゆっくりと扱《しご》きはじめた。

「ふ……ん、っ」

パンダさんは透里が答えられないで目を白黒させていたら、あの長い指先で唇をなぞってきて――赤くなったね――と腰にくるような甘い響きを聞かせてきた。

――もっとしたい？

彼に言われて、透里はもう無理と思ったけれど……いまだったらどうするだろう。

抱き締められて、キスされて、自分がいましているみたいにここを擦られてしまったら。

「あ……あっ」

想像したら、びくんとそこが反応した。手のひらが濡れたのは少し溢れさせたから。

「パンダさん……」

そうだ。自分はこうされたいのだ。

パンダさんにキスされて、いやらしいことをされたい。

はっきりと言葉にして考えると、身体がもっと熱くなる。

夢中で軸を擦りながら、透里は記憶をさらによみがえらせた。

彼に抱きついたときの広い胸も、自分とは大きさも太さも違う骨格も。透里の身体をぞくぞくさせるあの香りも。

手のぬるつきがますます多くなっていて、もうこれ以上こらえきれない。

ここをあの大きな手で、自分の頭を撫でてくれるあの手のひらで扱かれたら、どんなに感じてしまうのか。

「う、あ……っ。パンダさん……っ」

そう思ったら、腰がビクッと震えてしまった。

「もう、出るっ……」

パンダさん、パンダさんと心のなかで彼を呼ぶ。

そうしてついに快楽の頂《いただき》がやってきた。

「あ……す、き……っ」

射精の瞬間、無意識に言葉がこぼれる。

彼への想いもそれで溢れた。

ああ……これでわかった。

自分は彼が好きなのだ。

やさしい保護者としてではなく。

透里が欲望をおぼえる、たったひとりのひととして。


はっきりと彼への恋心を自覚して、けれども透里は彼にそのことを打ち明けられないままでいる。

パンダさんは最初から透里にやさしかったけれど、透里のことを本当にどう思っているのかはわからない。叔父との会話を聞いていたから、自分のことを過分に買ってくれているのはさすがにわかって、それでもあれは保護者同士のポイントの取り合いだった感もあった。

キスしてくれたからまったくの対象外とは思いたくないのだけれど、あれも透里への情操教育の一環じゃないという確信は得られない。

たとえば透里がこんなふうに告白したら。

——パンダさん。僕はあなたのことが好きなんです。

——うん、俺も。きみのことは可愛い親戚の子供みたいな感じに好きだよ。情緒が育ってよかったね。これならきみに似つかわしい誰かと恋愛もちゃんとできるよ。

そんなことを言われてしまう可能性もゼロではないのだ。

透里はそれに……と考える。

自分はパンダさんに隠しごとをしたままだ。

添い寝のときに自分が幻を見ていること。寝ている姿に重なって、おそらくはそのひとが幸福を感じたときの記憶の欠片《かけら》を眺めているということを。

積極的に嘘をついたわけではないが、この秘密を持ったままでパンダさんに告白をしていいものか。

透里はもやもやした想いをかかえて時を過ごし、秋がいよいよ深まってきたときだった。

「濱田？」

思わぬ人物が透里の前に現れた。

学校の講義を終えて帰る途中、自宅のマンションのエントランスに来たときだ。不意打ちで目の前に出てきた濱田は、それとはっきりわかるほど険悪な表情を浮かべていた。

「透里。おまえに話がある」

ひさしぶりに言葉を交わした友人を見て、透里は驚きを隠せなかった。

濱田はこんなに痩《や》せて人相の悪い男だっただろうか。目の下は落ちくぼみ、その顔は土気色。透里をねめつける眸がぎらぎらと光っている。

「話したいこと？」

言いながら、困惑が隠せない。

透里がおぼえている濱田の姿は、大学の女友達である美濃との会話を立ち聞きし、それを彼女に気づかれて走って逃げる後ろ姿。もしくはそのあともたまに遠くからこちらを睨みつけている彼の様子くらいだった。

濱田は美濃が話していた内容を誰彼なしにばらまくことは結局しないでいたらしい。あれからしばらくして美濃がこっそり教えてくれた話によると、濱田が自分にそのネタで接近してくることはなく、それについての噂話も耳にする機会は一度もなかったそうだ。

濱田の思惑は透里にはわからないが、美濃に何事もなかったことをひとまず安堵していたのだが。

「これを見てもそう言えるか」

濱田はポケットから白いものを取り出した。こちらに突きつけられたのは、折りたたんだ白い紙。いぶかしく受け取ってひらいてみれば、中年女性がこのマンションの通路に立って玄関ドアを開けている画像だった。

「さっきわざわざプリントしてきてやったんだぜ」

愕然《がくぜん》としている透里に濱田が尊大な調子で言う。

「それが誰か知ってるよな」

言われるまでもなく。このプリントに写っているのは透里の添い寝客だった。

たしか以前に二、三度通い、体調がよくなったとよろこんでいた。透里にとっては夜店の水風船を顕《あらわ》していた女性客だ。

「その女、ただの人妻じゃないんだぜ。議員夫人とかいうやつだ。なのにそいつが年下の学生と浮気をしてた。それがバレたら困るだろうな」

「それは、違う」

やましいことはしていない。しかし、濱田は面白そうに頬を歪めただけだった。

「おまえの言い訳はあっちで聞こうぜ」

濱田は指先を上に向ける。つまりはこの建物の上階、透里の部屋でということだろう。

「僕の部屋は」

「断れる立場じゃないだろ」

押しかぶせるように濱田が言う。

「甲斐谷商事の社長、あいつもおまえの上得意だったよな」

聞いて、透里の背筋が凍る。

そこまで濱田に知られているとは思わなかった。

どこでどうしてと恐慌におちいる透里を余裕で眺め、濱田が顎をしゃくってくる。

「続きは部屋で。わかるだろう？」

透里にはうなずくしかすべがなかった。

強張《こわば》る頬で建物のなかに入り、エレベーターから通路、そして自室の玄関へと。鍵をあけると濱田は透里を押しのけて先に踏みこみ、リビングにいたるまで途中の部屋を覗いて回った。

「ふん。さっすが佐久良家の元跡取りじゃん。無駄に金のかかった部屋」

透里は嫌味を聞き流し、もっとも気になることをたずねる。

「パ……甲斐谷さんのことをどうして知っている？」

「知りたいか？」

持って回った言い草だったが、返す言葉もなくうなずいた。

「調べたんだよ。俺の力で突きとめた」

「どうやって？」

「教えてほしいか」

答のわかったことを聞く。透里はもちろん相手の望む返事をした。

「おまえの様子をずっと探っていたからだ。俺が見てられないときはべつに人を雇ってな」

ずっと様子を探っていた。その事実には驚いたが、濱田の徹底ぶりにも驚愕した。

それでは二十四時間、毎日監視の目がついていたのとおなじことだ。

「どうだ。俺は結構うまくやったと思わないか」

透里が青褪《あおざ》めているのを眺め、濱田が得意げに胸を張る。

「おまえにも、あの社長にも気づかれずに真実を探り当てた」

「真実……」

茫然と口を動かす透里の前で、濱田が悦《えつ》に入ってうなずく。

「そうだよ。おまえは淫売だ。添い寝だなんておかしな真似で客から金を巻きあげていたんだろ」

濱田に添い寝のことまで知られた。透里の頭から音を立てんばかりにして血の気《け》が引いた。目眩が起きてへたりこむのを面白そうに眺めながら、濱田がさげすむ声音をなげる。

「みっともない。図星を当てられて腰が抜けたか」

「違う」

淫売などと言われることはしていない。しかし、濱田は容赦なく吐き捨てる。

「違わないだろ。俺は実際にあの女に聞いたんだ。大変だったぜ。おまえの部屋から出てきたのを尾行して家を突きとめてやるまでは」

濱田が得々として語るのを聞いてみれば、濱田はほぼ毎日弁当の宅配やピザ店の制服を身に着けて玄関前で様子を窺《うかが》っていたらしい。そうして、このマンションの住人がオートロックを解錠するとき偶然一緒になったふうを装って入りこむ。

そうして透里が住む階の非常口に身を潜め、その通路の動向を探りつづけていたのだった。

濱田の執念深さには驚きあきれるばかりだったが、さらに聞けばそうこうするうち議員夫人が彼の網に引っかかったということだ。

「それであのひとに直接聞きに？　でも、それが本当とは思えない」

「なんでだよ⁉」

ようやく反論の糸口を見つけて言うと、ムキになって濱田が怒鳴る。透里は疑問を口にした。

「僕は添い寝のバイトはしばらくしていない。なのにいまさら」

「それで時効、チャラになったと思うなら大甘だ」

おまえが誰にでも股をひらく売女《ばいた》なのは変わらない。

透里を貶《おとし》める台詞を投げつけ、濱田は「それはそれとして」と言いながらわざとらしく腕を組む。

「女が部屋を出入りしている証拠の写真も撮っておいたし、おまえがどれほど堕落したやつなのか教えてやる材料は手に入れた。とはいうものの、俺としても変に事を荒立てて恐喝だのなんだのと訴えられちゃヤバイからな。おまえへの訓戒に使うだけで許してやろうと思ってた」

「じゃあ、なぜいま」

「ムカついたからに決まっているだろう！」

いきなり怒声を浴びせられ、透里の身体が固まった。それを見下ろしにやりと笑う。

「そうだった。おまえは言わなきゃわからない馬鹿だからな。なら俺が教えてやるよ」

傲慢《ごうまん》な言いぐさで明らかにした内容は、透里が大学の女子たちに囲まれていい気になっていること、それと甲斐谷社長に気に入られて遊びの金を使い放題にしていることだった。

どちらも事実とは違っているが、それより気になる事柄がある。

「あのひとを探り回ってなにを知った？」

「なんでもさ」

濱田は陰険な笑みを浮かべる。

「この夏はおまえをあちこち連れ回していただろう。ワインバーとか、そのほかいろいろ。それに店だけじゃない、あいつの家にも行ったよな。あと、おまえが合鍵を渡したんだろ、我が物顔でこの部屋に通っていたのも俺はちゃあんと知ってるんだ」

それではほとんどの時間を尾行のために使っていたのか。そんなのはあまりにも……病的だ。

「濱田。きみはどうかしてる」

「うるさい！」

濱田がキレて怒鳴り返す。

「おまえなんか俺がいなきゃなんにもできなかったくせに。いつだって俗世間のことなんか自分に関係ありませんって顔してさ。これまで俺が傍にいてやったお陰でどれだけ助かったと思ってるんだ。なのに、もっと役に立つやつが現れたらそれで終わりか。透里のくせに。ほかの誰彼とうまくやろうとかあつかましいだろ」

言いつのる濱田の目が据わっている。常軌を逸したその気配に透里はじりじりと後ろに下がった。

「おまえが客を取ってるのは知ってたんだ。親が死んで、いよいよやけっぱちになったかと思ったのに、おまえはちっとも汚れた感じがしてこない。そんなじゃ駄目だろ、俺がすっきりしないじゃないか。金持ち相手に脚をひらいて、どんどん堕《お》ちていけばいいのに、そうすれば俺が可哀想だなって拾ってやらないこともないのに、おまえはちっとも思ったとおりになりゃしない。そのうえあんな美濃相手に恋バナかよ。あんときのおまえの顔は自分じゃ気づいていないだろうが、なんていうか、なんかとにかくすっげえことを思い出してるみたいだった。うっとりして、恥ずかしそうで。それで俺は放っておけないと思ったんだ。あんな顔をさせてちゃいけない。客たちとおまえがなにをしてたのか、絶対突きとめてやるんだって」

濱田の長台詞はほとんど意味不明だったが、美濃との会話がきっかけで議員夫人と接触したのは理解できた。

「あの女、最初は突っぱねていたけどな、写真を見せたらしぶしぶ白状したんだよ。やましいことなんかしていない。あれは添い寝をしてもらっていただけだって」

信じられるか。添い寝って子供かよ、と濱田がひどくまずいものを吐き出すような調子で言う。

「可愛子ぶるのもたいがいにしろってんだ。なあ、透里」

いきなり距離を詰められて、ぐいと二の腕を摑まれる。

「おまえが俺を拒絶して、この部屋に絶対に入らせなかった理由ってのが、添い寝って。おまえ、俺を本気で馬鹿にしてんのか」

摑まれた腕が痛い。顔をしかめて、透里はその手を離してくれと濱田に言った。

「なあ透里。嘘をつくなよ。添い寝ってのは嘘だろう。本当は誰彼なしに客を取ってセックスしまくっていたんだろ」

透里は返事をしなかった。いまの濱田に対してどんな話も通じるとは思えない。

しかし透里が黙っていたら、相手はさらに激昂《げっこう》をつのらせた。

「おまえはいっつもそうやって俺を締め出す。俺なんかいらないって。物の数にも入らないって、思い知らせる」

骨が軋《きし》むほど両肩を摑まれて、手ひどく前後に揺すぶられる。目眩を起こして透里の膝から力が抜けた。

「嘘じゃないなら俺にも添い寝をしてみろよ！」

「僕は……濱田のことを友人だと思ってる。物の数に入らないとは一度も思ったことはない」

「だったら、俺とも寝られるだろう。おまえのベッドで、朝まで俺と。ほかのやつらにできたんだ。まさか俺だけはできないと言うんじゃないよな」

「できない。濱田は友人で、添い寝の相手とは違うから」

「またそれか!? おまえはいつだって俺をはじく。あの社長にはべったりで、甘ったれた態度をしてみせるくせに」

口惜しそうに顔を歪めて言ったあと、ふいになにかを思いついた様子になって、

「おまえが添い寝を断れば、あの社長が困るけれどそれでいいか?」

透里はハッと目を見ひらいた。

「あのひとになにをする気だ」

「へえ。マジな顔になっちゃうんだ。おまえがそんなふうになったの、これが初めてのことじゃないか」

意地悪い目つきになって、透里の肩にある指をさらに食いこませる。

「いい大人の会社の社長が男子学生にいかがわしいことをしてるって、噂になったらまずいだろうな。SNSとかでちょっと拡散してみるか?」

「やめてくれ」

図らずも懇願する調子になった。相手は眉を撥ねあげてから、嫌そうに頬を歪める。

「ほら、それもだ。おまえはこれまで一回だってそんな声を出さなかったろ。どうしてそうまで必死なんだ。おまえマジか。ガチのホモか」

差別的な発言をとがめるほどの余裕はなかった。

「あのひとに迷惑をかけないでくれ。頼むからやめてくれ」

「頼む？　おまえが俺に？」

「あのひとは僕のためにいろんなことをしてくれた。どうしてこんなにと思うくらいに。それなのに僕のせいでなにかあったら、自分で自分が許せなくなる」

「そこまで言う？　おまえがか」

信じられないふうにつぶやき、それから濱田は透里の肩からいっぽうの手を離し、その手のひらで自身の顔を撫で下ろした。

「おまえ、あいつにも添い寝をしてやったんだよな」

「それは……」

いまの濱田は表情をなくしていた。激昂していたときの頬の赤みは消え去り、土気色の顔面に眸の白さが異様なまでに目立っている。

「だったら、俺にもしろよ。一緒のベッドで俺を寝かしつけてみろよ」

透里の目の前にいるのは友人の濱田ではなく、まったく別の人物のように感じる。

本能的な恐怖に襲われ後ずさろうとしたけれど、濱田は透里の手首を握り、その行為を許さなかった。

「さあ早く。断ったら、あいつとおまえを破滅させるぞ」

これをただの脅し文句として流せない。濱田がどれだけ長いあいだストーカー行為をつづけてきたのかを考えれば、その執念は空恐ろしいものがある。ましてすでに女性客を写真で脅して添い寝のことを探り当てたのだ。

「わかった」

承知したが、透里の頭にはある考えが浮かんでいる。

力で追い出すことは無理だ。透里は腕力では勝てないし、そもそも濱田の粘着ぶりは常識の範囲外で、強引な手立てではとうていこの場はしのげない。

ひとまず濱田を眠らせて、セジュンに連絡して相談しよう。添い寝客に関することは彼に報告する必要がある。

透里は内心そうと決め、濱田に引きずられるようにして寝室に入っていった。

「ほら、どうするんだ。教えろよ」

ひそかに思いめぐらせていたけれど、いざ添い寝をする場面になると忌避感が先に立つ。

嫌だ。濱田に添い寝などしたくない。思えば、もう長いあいだパンダさん以外のひとに添い寝をすることなどなかった。

「あの女が言ってたぜ。いかがわしいことなんかなにもない。天使みたいな青年に見守られて眠るだけって。不思議とそれだけでぐっすり眠れて、当分身体の調子がいいって。ハッ。おまえの見た目ならそんな気分にもなるんだろうさ」

綺麗は正義ってか。憎々しげに濱田がこぼす。

「さあ、やれよ。嫌だってんなら、あの社長野郎の風評はぼろぼろだぜ」

添い寝はしたくない。けれどもそれ以上にあのひとの迷惑になりたくない。

「濱田を寝かせたら、本当になにもしないでいてくれるんだな」

「しつこいな。いいから、さあ」

濱田がみずからベッドに寝転ぶ。

「おまえも来いよ」

濱田が目をぎらつかせるのがよけいに足を重くする。

ふたたびうながされ、透里はやむなくベッドの端に腰かけた。

「こっちに寝ろよ。それじゃ添い寝にならないぞ」

腕を強く引っ張られる。倒れこむ姿勢になって、透里はかろうじて濱田の脇に手をついて自身をささえた。

そうしてこれ以上彼からなにかされる前にまじないの言葉をつぶやく。

「月は夜の鏡。眠りは癒しの森。ここは月光が照らす森。おやすみなさい、いい夢を」

すると、いつものように相手は速やかな眠りに落ちる。

ほっとして、透里はポケットからスマートフォンを取り出した。

急いでセジュンと連絡を取らなければ。画面のロックを解除して、彼の連絡先を呼び出す。あとはボタンをタップするだけにしておいてから、濱田が確実に寝こんでいることを確認しようと横を見やったその瞬間。

「……っ、わ」

透里の両目が限界まで見ひらかれる。

そこにあるのは身の毛もよだつ光景だった。

幻とわかっていても戦慄《せんりつ》する。目の前には殺された犬や猫や鳩《はと》の死骸がいくつも転がっていた。傷つけられ、血まみれで、うつろな目をして死んでいる小動物たち。

透里の喉が音を鳴らし、胃の中身がせりあがる。ほとんど腰を抜かした透里はベッドから転げ落ち、這《は》うようにして寝室から逃げ出そうと試みる。

無我夢中になっていて、その途中でナイトテーブルに身体がぶつかり、ライトが床に落ちたけれど、それにかまっている余裕はなかった。

「パ……パンダさん」

無意識に彼の名を呼び、寝室から這って出る。

見せつけられた残酷な光景はおぞましいとしか言いようのないもので、けれども透里を心底震えあがらせたのは、それが『本人の楽しい記憶』に繋がっていたからだ。

自分が友人だと思っていた濱田は、たしかにストーカー気質ではあったけれど、こんな残虐な性分を隠していたのは知らなかった。

「……透里」

その声に透里の動きがおぼえず止まる。

まさか。彼は寝ていたはずだ。

でもこの声は。

確認するのは怖すぎて、透里はとっさに身を起こし玄関目指して駆け出した。

「あ……っ」

なのに、そこまで行き着けず、途中で背中から飛びかかられた。

透里の喉から悲鳴が洩れて、その場に押し倒される。

これまで添い寝をした客が途中で起きたためしはない。まるで死者がよみがえってきたような恐怖心に襲われて、透里は相手の下でもがいた。

「おまえ……見たな……あれを見たな」

しわがれた声が意味する「あれ」とはなにか、聞くまでもなく透里は察した。

透里が見たものをなぜ濱田は知ったのか。理由はわからない。しかし濱田が眠りから覚めたのも、透里があの幻を見たことを知られたのも現実だった。

「よくも……俺を覗き見たな……許さない」

透里を仰向《あおむ》けに転がして、濱田が馬乗りになってくる。手足をめちゃくちゃに動かして必死にあらがってみたけれど、濱田はなにかに取り憑《つ》かれているかのようにすごい力を発揮して抵抗を抑えこむ。

「殺してやる……おまえは死ね」

濱田が両手で透里の首を摑んできた。もはやその手を引き剝《は》がす力はない。

もう駄目かと思ったそのとき、脳裏に彼の姿が浮かんだ。

死ねない。とっさにその思いが湧いてくる。

パンダさんと会えなくなるのは絶対嫌だ。

生きたい。生きてまたパンダさんの傍にいきたい。

夜の真ん中で他人の夢に寄り添っていたとき、自分が生きている実感が薄れていて、このまま消えてしまってもいいような気がしていた。

でも、違った。本物の死にこれほどまで近づいたとき、自分には手放せないものがあると気がついた。

死にたくない。生きたい。夢の世界ではなく、パンダさんとこの先を繋げていきたい。

「……っ！」

まるで幽鬼かの形相をした濱田の腕を何度も叩き、懸命に身をよじる。酸素が足りず、霞《かす》む視界はますますぼやけてきたけれど、それでも透里はあきらめなかった。

「くそ。じっとしてろ」

憎々しげに濱田が洩らし、透里の首をさらに締めあげたその直後。

「透里くん！」

玄関で物音と声がして、誰かが飛びこんでくる気配があった。いまの体勢では見えない誰か。けれども透里はその叫びを聞くまでもなく彼だとわかった。

パンダさん……っ。

声は出ず、心のなかだけで彼を呼ぶ。と、透里を押さえつけていた重みが消えて、直後になにかが壁にぶつかる音がする。

「この……！」

「おーっと。暴力はやめましょうや」

濱田とは違うふたつの声が聞こえる。

「あなたが手を出すまでもないし……っと」

語尾の手前で濱田のものだろう悲鳴があがる。そのすぐあとで、透里は逞《たくま》しい男の腕に掬《すく》い取られた。

「透里くん、大丈夫か⁉」

大丈夫と言おうとして、しかし咳しか出てこない。

喉も頭も猛烈に痛みを発していたけれど、薄ぼんやりと見える視野には透里が心から求めているひとの姿があった。

「パンダさん……」

何度も唾を呑みこんでから、ようやくその言葉が紡げた。

「うん。透里くん」

「パンダさん……パンダさん……」

それしか言えない。

「よかった。無事で」

感極まった声で言い、彼は透里をぎゅうぎゅうに抱きこんでくる。

「間に合わないかとぞっとした」

彼の香り、そのぬくもりに包まれると、恐怖に支配されていた透里の心身がほぐれてくる。

生きて、このひとにまた会えた。

自分を抱き締めている彼をもっと感じたくて、透里は自分からも広い胸にしがみついた。

「透里くん」

余裕のない男の声音に抱かれたまま視線をあげる。彼の表情はいまだ緊張を残していて、
眸はそこに深い青色をたたえていた。

真剣なまなざしで彼が顔を伏せてくる。キスされる、と思った瞬間。近くで咳払いが聞こえてきて、そこで彼の動きがとまった。

「お邪魔してすみませんが、ちょっとだけお時間をもらえますか」

つかの間、互いのことだけしかなくなっていた。ふたりしてまばたきしてからそちらを見やる。

セジュンは深くうつむいている濱田の首根の後ろを摑み、いつもの飄々《ひょうひょう》とした態《てい》で語りかける。

「とりあえずこいつを預かっていきますよ。なに、無体《むたい》な真似はしませんから。大人の世界がどういうものかを丁寧に教えてさしあげるだけなんで」

ふたりが抱き合っているうちに、なにを言われたかされたのか、濱田は先ほどの凶暴な気配がすっかり収まっている。

透里は自分の幼馴染《おさななじみ》、これまで友人だと思ってきた人物を複雑な気持ちで眺めた。

長いあいだこっそりと透里の生活を探り回り、脅しをかけて無理やりに添い寝させ、最後には殺そうとした。

添い寝客を写真で脅迫したことも、パンダさんに風評被害をもたらそうとしたことも、いまだに許せはしないけれど、濱田を憎んでいるかといえばそれは違うと感じてしまう。

濱田をこんなふうにした原因は自分にもあるのじゃないか。気づかぬうちに相手を傷つけてきたのじゃないか。

けれども自分がどんな言葉を発しても、おそらく濱田には届かない。綺麗事では済ませら

れない事柄が、ふたりのあいだを隔てているのも事実だった。

「……おまえなんか大嫌いだ」

地を這う声音が下を見たままの口から洩れる。

「おまえを殺してやれなくて残念だった。二度とおまえのツラなんか見たくない」

返す言葉を持たない自分は、かつて濱田に言われたように薄っぺらな人形なのか。

「はいはい。捨て台詞はそこまでにしときましょうか」

その場に流れる沈黙を破ったのはセジュンだった。

「まずはしかるべき筋を通して親御さんに連絡がいきますよ。示談金のご用意をと伝えておいてくださいね」

「お、親に言うのか」

「当然でしょう。おたくのしたことは犯罪ですよ。まあ自分で払うというのなら相談に乗らないでもないですけどね」

にんまりと形容される不穏な笑みをつくってみせると、セジュンは濱田の首根っこを摑んだまま彼の姿勢を変えさせる。

「さあ行きましょうか。大人の世界の常識はこのあとでゆっくりと」

そうしてふたりが去っていき、あとには透里と彼だけが残された。パンダさんは気がかりそうに腕のなかの透里を窺い、

「少し休むかい。眠れるようならベッドに連れていくけれど」

「や。あそこには行きたくないです」

とっさにそう訴える。彼は眉根を寄せたあと、代わりの案を出してきた。

「もしそのほうが落ち着くのなら、俺の家に行かないか」


パンダさんが電話でタクシーを呼び、透里は彼に抱きかかえられるようにしてマンションをあとにした。

もろもろのショックのせいで意識が朦朧《もうろう》としはじめていて、部屋を出たのちのことはあまりはっきりおぼえていない。透里がふっと目覚めたときはどこか知らない部屋にいた。ベッドから身を起こし、自分の記憶をたどっていると、ドアが開いて背の高い男が室内に入ってくる。

「ああ、起きたのかい」

「僕……すみません」

「いいよ、そのまま」

パンダさんが近づいて、透里を手で制止する。

「気つけにホットワインはどう？」

身体があったまるよと言われ、透里は素直にうなずいた。

「ありがとうございます」

すると、彼は大股で寝室を出ていき、しばらくするとマグカップを手に戻ってきた。

「少し冷ましておいたから。でも、熱いかもしれないからゆっくりね」

「はい」

透里はマグカップを受け取ってから、長身の男を見あげた。

「パンダさん」

「うん？」

「パンダさんがここにいます」

「そうだね」

「もっと傍に来てくれませんか」

遠慮よりもいまこのときは彼恋しさが勝っていた。

パンダさんは目を細めると、ベッドの端に腰かける。透里はおずおずと彼の腕に指先で触れ、これが現実であることにほっとする。

「あれは夢じゃないのかと思いました。まさかあのタイミングで僕を助けてくれるなんて」

「ああ、それはね」

彼は濱田のことでセジュンに呼び出されていたと言う。

「あいつは客の議員夫人に接触し、脅迫行為におよんでいる。いずれ俺にも害をくわえてくるだろうと予想して、その善後策を講じるためにね」

それで透里のマンション近くにあるカフェで話し合っていたところ、危急を知らせる電話がかかってきたと言う。透里はセジュンと会話をしたわけではないけれど、はずみでボタンをさわったあとこちらの音声が伝わっていたのだろう。

「きみから合鍵をもらっていてよかったよ。お陰でぎりぎり間に合った」

そのときの状況を思い出したか、パンダさんは険しい顔つきになっている。そのあとあえて表情をゆるめると、

「さあ、この話はとりあえずおしまいだ。少し身体を休めなくては」

向こうにあるクッションを持ってこようね。そう言って、腰をあげかけたパンダさんを「待ってください」と引きとめる。

「どうしたの？」

「僕は、あなたに言わなくちゃいけないことがあるんです」

いまなら話せる。話すことができると思う。

「僕が添い寝をしているときにいつも見るものがあって」

寝ている相手に重なって顕れる幻の映像。それはきっと、そのひとのもっとも楽しかった

記憶の欠片。

荒唐無稽と笑い飛ばされてもしかたがない内容を、しかし彼は真剣に聞いたあとで大きくうなずく。

「きみが見ていた俺の夢の幻影は、子供のパンダだったんだ？」

「はい」

「パンダね……ああそうか。マドリッドの」

「前にパンダさんはご両親と一緒に行ったと」

「ああ。六歳くらいだったかな。母親の里帰りであちらに行って、そのときに親子三人で眺めたよ」

それを明かして、彼は腑《ふ》に落ちた顔になる。

「なるほどね。それなら俺がパンダさんと呼ばれるのも納得だ」

「あの。僕の言うことが本当だと」

このひとは信じてくれる？

「きみは嘘をつかない子だろう。それに普段のきみの言動を見ていたら、そんなことがあったとしても少しも不思議はないかなって」

刹那、透里の胸の奥からなんとも言いがたい強い感情がこみあげてきた。

誰にもオープンにできない話。ときに自分の頭がおかしいのじゃないかと恐れ、たんなる気のせいと自分に思わせようともした。

それでもあの幻に魅せられつづけてきたけれど、まさかあの出来事を誰かと分かち合えるなんて。

「でも」

透里にはいまだに安心しきれないことがある。

「僕は濱田の記憶を見ました。あれは……本人が知られたくない出来事でした。濱田のしたことに絶対共感は持てないけれど、勝手に暴いてもいいわけじゃ」

「ストップ」

パンダさんが言葉の半ばで制止した。

「言わせてもらうけど、きみは勝手にあいつの記憶を暴いたってわけじゃなかった。見られてまずい出来事があったのも、それで逆上したのも、すべて相手の責任だろう。きみが責めを負うことじゃない」

そもそも添い寝を強要したのもあいつのほうだ。パンダさんは苦い顔でそう言った。

「セジュンも言っていたが、あいつの行為は常識の範囲を超えた。きみが添い寝のときに相手の夢を垣間見《かいまみ》るのとそれとはぜんぜん別の話だ。やつの夢も、やつ自身の生きかたも、きみとはまったく関係がない」

パンダさんがきっぱり言いきる。その口調と言葉とが胸に沁《し》み、ややあってから透里はおずおずと口にする。

「僕は……僕の夢と、僕自身にだけ責任がある」

「そうだ」

ワインの入ったマグカップを両手につつみ、透里はぽそりとつぶやいた。

「だったら……。僕が生まれてきたことは？」

それは自分の責任だろうか。

自分が生まれたせいで、元々身体の弱かったお母さんは病気になった。そのことで父さんも苦しめた。

それはもはや変えようのない事実なのだ。

一生取り返しのつかない自分の罪。

「透里くん、いま言ったのはどういう意味だ」

訝《いぶか》しい顔つきでパンダさんが言ったとき。

「……あ」

ふと、なにかに呼ばれる感覚がした。

気のせいか。いや感じる。確かに聞こえる。

ワインの香りを漂わせるマグカップを、透里は脇のテーブルの上に置くと、ベッドから抜け出した。

「きみ、どうしたんだ？」

驚く男の声がする。しかし透里はそれには反応できないまま、ふらふらと歩きはじめた。

「どこに行くんだ」

「わかりません。でも」

透里は戸口の前まで来てちいさく洩らした。

「僕を呼んでいるんです」


それからどのくらい経ったころか、透里は自分のよく知っている家の前に立っていた。

時間はほとんど意味をなさず、周囲の様子もぼんやりとしかわからない。ただ、どうしてもここに来なければならないという強い想いが透里を動かしていた。

「夜分に失礼します。さきほどご連絡させてもらった甲斐谷と申します」

透里をここまで連れてきた男が玄関先で言う。

「まあ、あがりなさい。透里が面倒をかけたみたいですまないね」

応じた声は家のなかから聞こえてきた。

「いえ。突然お伺いして申し訳ありません。もしよろしければ俺も同席してかまいませんか」

硬い表情の男が言う。

「それはまあ。なにか事情があるようだし、かまわないが」

「ありがとうございます。さあ、透里くん」

長身の男がうながす。透里は反射で頭を下げて、玄関から家のなかに入っていった。

「おい。なんだね、きみ。透里は少し様子がおかしいように見えるが」

「今日はちょっと……思わぬことが起きたので。いささか気持ちが揺れているのかもしれません。ですが、この子にとって大事なことがここにあるらしいので」

背後でふたりが小声で話し合っている。

このあたりのやり取りも、透里がなにかに招かれているようにパンダさんの家を出ようとしたことも、実際にはすべてあとから聞いたことだ。

——どこに行くんだ?

——僕の家に。僕と両親とが住んでいたあの家に。

それでパンダさんは叔父の家に電話をかけた。そのあとみずから車を運転して透里をこの家まで送ってきたのだ。

「透里はいったいどうしたんだ?」

「この先にはなにがあります?」

「パントリーと、その奥の半地下にはワインの貯蔵庫がある」

そんな会話も頭を抜けて、透里はひたすらそちらの方向に進んでいく。

雲を踏むようなおぼつかない足取りだが、迷うことなく食料品を保管しているパントリーから、階段を下りきった貯蔵庫へと。

ひんやりとして薄暗い場所にある大きなセラーを覗いていたあと、透里はそこから一本の赤ワインを取り出した。

「……あった」

「それは、なんだね」

年配の男の声がたずねてくる。透里はワインの瓶を見たままでそれに応じた。

「お母さんの誕生日にふたりが一緒に飲むはずだったワインです」

「一緒にって……以前おまえが言っていた誕生日のワインのことか」

困惑しきりの声音が聞こえる。透里はまだ夢うつつのままたたずんでいた。

「なぜそれがわかったんだ」

さっきのよりも若い声が問いかける。考えることもなく返事が口からこぼれ出た。

「ここに来たら見えたんです」

「なにを?」

「ふたりがここで話しているのが」

「ふたりって、きみのご両親?」

透里はうなずく。

「なにを馬鹿な」と言ったのは、さきほどの年輩の男だった。

「彼らはもう亡くなっている。幽霊でも見たというのか」

当惑交じりの声を「待ってください」と誰かが制した。

「透里くんの話をまずは聞いてください。事の真偽はそれからで」

「それなら聞かせてもらおうか。兄はいったいなにをしゃべった」

「父さんはお母さんにワインを渡して言いました。今年の誕生日にはいつものようにこれをふたりだけで飲もうと」

「それで？」

半信半疑の問いかけに、言葉だけで透里は返した。

「お母さんは今年は無理かもしれないわ、と。そのときは透里と一緒にこれを飲んでと」

さっきの場所から唸り声だけが聞こえる。透里はふたたび口をひらいた。

「父さんはそれは嫌だと言いました。だったら、俺もきみを追いかけていくからと」

「……兄さんが、そんなことを」

苦りきった声音だった。意識が現実に戻らない透里はかまわず先を話す。

「お母さんは駄目よときっぱり断りました。強いまなざしで父さんを見つめながら、追いかけてきては駄目と。あなたにはもっと世界を広げてほしいの。わたしのほかにもあなたを愛するひとがいることに気づいてと」

　そのとき彼女は澄んだ眸で自分の夫をひたすらに見つめていた。

「父さんはどこかがひどく痛むような顔をしてお母さんを見ていたあとで、わかったと答えたんです。きみがそう言うのなら、きみの願いどおりにすると」

「それで……？」

「きみがいなくなったあとは、弟にこの家と会社を譲って、俺はしばらく旅に出る。あいつにはずいぶん嫌な思いをさせたし、せめてもの罪滅ぼしだ。そして父さんはしばらく言葉を探していたあと、ひとつひとつを噛《か》み締めるようにしてお母さんに告げました」

「なんと？」

「きみのほかにも俺を愛しているひとか……。そうだな。そんなことからも俺は目を逸らしつづけていた。俺の弟、それに透里。なあ、きみ。旅の前には、俺の息子とどこかに一緒に行くのもいいな、と」

　ぐうっと誰かの喉が鳴る音がした。

「お母さんは微笑んで、透里を遊びに連れていくのは賛成よ、と。どこがいいかしらとお母さんがたずねると、父さんは少し考えて、そうだな動物園でもと言いました。子供はパンダが好きだろう。そのあたりからはじめよう、と」

　そこまで言って、ふいに透里の膝が崩れた。

「透里くん⁉」

驚きの叫びとともにさっと誰かが動き出し、透里の身体を抱きとめる。

「大丈夫か」

すぐには自分がどこにいるのかわからなかった。

しばし茫然としていたあとで、ようやく視点が合ってくる。

「……パンダさん？」

ほっとしたふうに彼が透里を抱き直す。

「気分はどうだ」

「大丈夫です。でも僕は……どうしてここにいるんでしょう」

「きみの望みで俺が連れてきたんだよ」

「ああ。そういえば……そうでした」

「思い出した？」

「ところどころですけれど。あちこち靄《もや》がかかっていて」

そう返したとき。横から自分を呼びかける声がした。

「透里。おまえ、大丈夫か」

視線をめぐらすと、うろたえきった叔父の表情が目に入る。

「あれはなんだ。わたしはあれを信じていいのか」

「見たとおり。聞いたとおりだと思いますが」

パンダさんは、透里が携えているワインの瓶を見ながら言った。

「それが、そうか。ふたりのワインか」

「はい」

叔父に問われ、透里は静かにうなずいた。

「きっとそうです。お母さんがそれを教えてくれました」

「そうか……。あのときふたりが事故に遭わねば……」

大きなため息をついてから、叔父は横に首を振った。

「いや。いまさら言っても詮《せん》ないか」

頬を歪め、絞り出すような声音を目の前の甥に届ける。

「透里。残されたわたしたちはせめていい家族でいよう」

「はい」

「だけど、今夜は少し独りにさせてくれ。独りになって考えたいことがある」

叔父はうなだれて、ワインセラーの出口へと足を進める。その途中で歩みを止めると、

「甲斐谷くん。すまないが透里をまかせる。透里。そのひとはいちおう信頼できると思うが、なにかあったらすぐにわたしまで連絡しなさい」

それだけ言い置いて去っていった。

「透里くん。それじゃ俺たちも失礼しよう」

「はい」

透里の肩を抱き、彼が足を踏み出した。

視線を変えて気づいたが、ワインの貯蔵庫の手前あたりに叔母《おば》と従兄妹《いとこ》が棒立ちになっていた。そちらに会釈して、階上への階段をふたりがのぼりかけたとき、従兄妹が声を投げてくる。

「待って。その……あのときのこと、ごめんなさい。ずっとあやまりたいと思って」

「もういいんだよ。こっちこそ、ごめんね」

じょうずに対応できなくて、事を大きくしてしまって。

振り返ってそう言った透里が見たのは、べそを掻いている従兄妹と、こちらに向かって頭を下げた叔母の姿だ。


帰りの車のなかで、パンダさんはさっきの出来事に触れることなく、透里もまたそれについて語らなかった。身体を気遣う彼の台詞とそれに応答する以外は会話もなしに元の場所に戻ってくる。

「いろいろあって疲れたろう。風呂に入るなら支度をするよ。それとももう眠りたい？」

リビングのソファに透里を座らせて彼が心配そうに聞く。

「いえ、大丈夫です」

それより彼に伝えたいことがある。

「ここに戻ってくるあいだ、だんだんと頭のなかの靄が晴れてきました。僕がどこに行き、なにを言ったか。いまははっきりとわかっています」

透里は自分が持っているワインの瓶に視線を落とした。

「シャトー・マルゴーのプルミエ・グラン・クリュ・クラッセ」

「当たり年のワインだね。その年は歴史的なヴィンテージといわれている。しかもワインの女王シャトー・マルゴーだ。相当な逸品だよ」

「このワインを、開けて飲みたいんですが」

「いますぐに？」

「はい」

「じゃあ用意する」

彼はいったん座をはずし、グラスとソムリエナイフ、それにワインの瓶を収める専用のかごをたずさえて戻ってきた。

「きみが開ける？　それとも俺が？」

「お願いしてもいいでしょうか」

パンダさんはうなずいて、慣れた仕草でかごに収めたワインをナイフで開けていく。

「ああさすがだね。開けただけで芳香が立ちのぼる」

澱《おり》が舞いあがらないように静かな動作でグラスにワインを注いでいく。彼の言うとおり、暗みを帯びた深紅の液体は華やかな香りをそこに振りまいた。

「大切な想い出のワインだね」

「はい」

透里はリビングのテーブルに置かれているワイングラスを眺めて告げる。

「僕は、僕が生まれたために お母さんが病気になったと、そう父さんに聞かされて。僕は生まれてはいけない人間だったのかと思っていました」

「それは、違う」

「はい。そうではないといまは理解できました」

だから、これを節目にしたい。

「パンダさん」

「うん?」

「今夜、このワインを僕と飲んでくれますか」

両親が愛するひとと飲むはずだったこのワインを。

「俺でいいのかい」

「パンダさんがいいんです」

透里が言いきると、彼が目の光をやわらげた。

「光栄だね」

パンダさんはもうひとつグラスを用意し、そこにもワインを注ぎ入れた。

乾杯の文句はなく、グラスを合わせて涼やかな音を立てると、ふたりでそれを口にする。

両親が飲むはずだったこのワインは、形を変えて透里がもっとも愛するひとと一緒に味わうものになった。

「美しい味がします。それにとてもあたたかです。なんだか……なんでしょう、生き返った気分がします」

「うん」

ワイングラスを覗きつつ、パンダさんが低い声音を響かせる。

「俺はさっききみが言うのを聞いていたから。きみの両親は確かにきみを愛していたよ」

「はい」

「そして俺もね」

透里に視線を移したあとで、さらりと彼がそう告げた。

とたん、透里の呼吸が一瞬止まってしまう。声も出ずに見返す男はなんだかひらきなおったふうに胸を張る。

「どーんと当たって砕けろだ。ちゃんと実行しただろう」

「くだ、砕けたんじゃ」

駄目なのに。

その言葉は途切れ、透里の口からべつの台詞がこぼれ出る。

「パンダさん」

「うん？」

「僕も……好きです。あなたのことが大好きです」

そう言う透里の眸から涙が一粒こぼれ落ちた。哀しくはない。

だから笑った。

愛するひとに愛される喜びが溢れてくるから。

確かにいま、自分はこのひとと生きていると感じられるから。

「……見惚れるね」

彼が喉に絡むような声を洩らした。

「露に濡らされた花がいまひらいた感じだ」

目の前の男の眸が深い青に変わっている。

それが綺麗で、もっとよく見たくなって、透里はそちらに顔を寄せる。

さらに近くに。いっそう傍に。

「ん……」

自分からそうしたのか。それとも彼が動いたのか。

気づけばふたりは唇を重ねていた。

やさしい触れ合いではじまったこのキスは、透里をゆっくり味わうようにとても丁寧なものだった。

下唇をかるく吸われ、その弾力を確かめるようにして甘嚙《あまが》みされる。上唇は弧を描く舌の動きに何回も舐められた。

「く、ふ……っ」

いつの間にか持っていたワインのグラスがテーブルに戻されている。けれどもそれも気づかないほど透里はキスに夢中だった。

ふたりの口中に残っているワインの香りと味わいがいまは交ざり合っている。

「ん……パンダさん……っ」

「うん？」

「好き、です……」

「キスが好き？」

そうだけれど、そうじゃないのに。

透里は彼にあらためて抱きつくと、その耳にささやいた。

「あなたがです」

「困った子だね。こんなに俺をうれしがらせて」

責任を取ってもらうよと彼が言う。

そうして直後に激しいキスが透里を襲う。

「あ……っ」

男の熱情を思うさま浴びせかけられ、透里はその強い流れにあっという間に押し流された。

「もう一度俺に言って。きみが好きなひとは誰？」

口づけの合間にそんなことを聞かれる。

「あ、あなたが……好き」

彼がふたたび唇を重ねてくる。右の耳たぶをいじられながら口腔の天井を舌先で何度もなぞられ、少しばかり下ろした手でうなじを撫でられつつ濡れた舌を吸い取られれば、頭のなかに霞《かすみ》がかかる。

これなんだろう。気持ちがいい。ずっとこのままこうしていたい。

彼のキスに浸されて、透里がうっとりとそれに身をゆだねていたら、胸にぴりっと痛みが走った。

「ん、んっ」

「ここもいじって舐めてもいい？」

彼の指が布地の上から摘まんでいるのは透里の胸の尖《とが》りだった。

いつの間にかセーターの内側に潜っていた彼の手がそんな悪戯《いたずら》をしているのだ。

「どう？　嫌？」

聞きながら、胸の上を思わせぶりに撫でてくる。透里はおずおずと承知した。

「ん……いい、です」

「いい子だ」

彼は透里のセーターを脱がせてしまい、下に着ていたシャツのボタンもすべて外した。そうしてふたたび軽いキスをあたえながら乳首を直接摘まんでくる。

「ふっ、ん」

透里より太くて硬い男の指にちいさな突起を捏《こ》ね回されると、びくんと身体が震えてしまう。

自分も男だからそこが感じたりするはずはないのだけれど、なぜだろう、なんだかとても妙な気がする。

「ここ可愛いね。ピンク色が濃くなってきた」

言葉に出して言われると、ものすごく恥ずかしい。

「いや」とちいさく訴えたのに、彼は頭を下に移してその部分を舐めてくる。

「あ……っ。パンダさんっ」

こんなのは想像したこともない。あせって身を引こうとしたら、腰に手を回された。

「ひ、あ……っ」

彼の頭が動くほうに目線をやれば、伸ばした舌先にねぶられている乳首が見える。そのビジュアルがとんでもなくいやらしくて、透里は目眩を起こしそうだ。

「んっ、んっ」

腰の後ろは彼の手が押さえているので、背後にずれて逃げられない。せめてこの光景を見るまいと目蓋を閉ざせば、より感触がリアルになった。

「あっ、や……噛んじゃ、駄目です」

歯を当てられて上下ではさまれ、そのまま軽く引っ張られる。痛みすれすれの感覚なのに、なぜか自分の下腹に重みが増した。

「駄目なら、これは？」

パンダさんが今度は乳首をその周りごと吸い取ってくる。

少し緩めて、また吸われ、そこから淫《みだ》らな水音が立っているのも、その感触も恥ずかしい。

なのに、透里の身体はその感覚を貪《むさぼ》って、なにか知らないものに変えようとしているのだ。

「パンダさん……っ」

泣きそうな声を出したら、彼がそこから顔を離し、上目遣いに聞いてくる。

「嫌だった？　気持ち悪い？」

「……あ」

そう言われると困ってしまう。透里が視線を左右に揺らすと、彼がやさしく笑いかける。

「大丈夫。感じてしまうのはきみが素直な子だからだ」

告げて、両手で左右の乳首をいっぺんに摘まんできた。

「あっ。両方、は……っ」

「気持ちよくなってしまう？」

違うと言いたいのになぜか言葉が出てこない。彼がくれる刺激は強くて、透里をどこか知らないところに連れていく。

「あ……や……あ」

いつの間にかシャツを脱がされていた。上半身を露わにして、透里は男にされるまま息を弾ませている。敏感な乳首にずいぶんしつこくされて、痛痒《いたがゆ》さと、なんだかどこかがむずむずする感覚が生まれていた。

「あ……もう……っ」

そんなにされたらたまらなくなってしまう。透里は知らず背を反らせ、するといきおいがつきすぎて仰向けに倒れてしまった。

「きみのここが反応してるね」

この姿勢だとコットンパンツの前の部分が明らかになる。いつもと違う状態を指摘されて、透里は両手でそこを隠した。

「み、見ないで」

「うん。でもね、そのままじゃ苦しいだろう」

彼が膝立ちでこちらを見下ろしながら言う。スーツの上着を脱いで、腕時計を外す仕草があまりにも男っぽくて、こんなときなのに透里は思わず見惚《みと》れてしまった。

「気持ちよくしてあげるだけ。それならいいかな？」

なにがいいのかはっきりとはわからない。大人の色気を全開にした彼を見てのぼせたまま、わけもなくうなずいた。

「素直ないい子だ」

褒められた意味も知らずにうれしくなるのは、すっかり彼に心を奪われてしまっているから。頬を上気させ見あげていたら、彼は透里のコットンパンツと下着とを取り去った。

「綺麗だ……」

彼が感嘆の吐息を洩らす。ものすごく恥ずかしくて横向きに姿勢を変えて足を縮めようとした。

「ああ駄目だよ。足はこっち」

言うなり彼は透里の足首をそれぞれ持って、両膝をひらかせると、自分はそのあいだに身を進めた。

「え。あっ」

まさかと思っているうちに上体を屈《かが》めた彼がそこに視線を当ててくる。

間近から自分の性器を見つめられ、透里の肌に朱色が浮かんだ。

「だ、駄目です」

「大丈夫だよ。あっちこっち赤くなって可愛いね」

パンダさんはちっとも大丈夫じゃないことを言う。どこが赤いのか知られたくなく、透里は足をじたばたさせた。

「動かないで。うっかり噛むと大変だからね」

……なにをうっかり噛むのでしょうか。もしやと想像したときに、それが現実に降りかかった。

「ひゃ……」

自分のそれの先端に湿ってやわらかいものが触れる。そのあとそこがすうすうするのは濡らされた証拠だった。

「な、舐め……」

驚くあまり声がひっくり返ってしまう。パンダさんは透里の軸に手を添えて「俺も初チャレンジになるわけだから。じょうずじゃなくても大目に見てくれ」などと言いつつふたたび顔を伏せてくる。

「あ……や、あ……っ」

信じられない。この格好いい大人のひとが自分のあんなところを舐めてる。

「それ……やだ……っ、あ、あ……っ」

舐めるどころか、吸ったり、咥《くわ》えたり、軸に舌を走らせたり。そのあいだにも指でそこの部分を擦り、その下のふくらみを手のひらで揉《も》みこむことまでしてくる。

そのたびに透里は喘《あえ》ぎ、目に涙を滲《にじ》ませて身悶《みもだ》えることしかできない。

「う……う……嘘……っ」

ようやくそれだけ口にすれば、彼がわずかに顔をあげ、

「なにが嘘？」

「じ、じょうずじゃない……とかっ」

「そう？」と彼がとんでもないところからにっこりする。その光景をうかつにも目にした透里は頭が煮えそうになってしまった。

「ということは、俺の愛撫《あいぶ》を気に入ってくれたんだ」

「そっ、そうじゃ……あ、ああぅ……っ」

彼がまた性器の先端を咥えて強く吸ってくるから、抗議の言葉は恥ずかしい喘ぎに変わる。

悶えているうちに自分の右腿《みぎもも》は彼の肩に乗りあがり、彼の顔が動くたびにつま先が宙を蹴《け》る。

「パ、パンダさん……も、もう……っ」

達《い》きそうだからそれを離して。そう訴えたくて、なのに彼が先端を甘く噛むからまたも変な声が出た。

「ふ、ああっ」

もう駄目。達きそう。

「達く……も、達くからっ……パンダさんっ」

その直後、彼が軸を擦りながら、先を強く吸いあげた。

「ひ、あ、あっ……」

知らず腰が撥ねあがり、両足のつま先がぎゅっと縮んだ。

脚のつけ根に力が入り、刹那に下腹で渦巻くものが放たれていく。

これまで自分が知らない感覚。快さと呼ぶには激しく、どうにかなりそうな怖さもおぼえた。

「あ……あ……パンダ、さん」

無意識にすがるものを求めて、透里の腕が伸ばされる。その仕草に気づいた男が手の甲で唇を拭《ぬぐ》いながら身を起こし、震える手を取り、おのれのほうに引き寄せる。

「大丈夫。ほらここにいるだろう」

「ん。ん……」

しがみついて、ようやく透里はほっとする。遠いところに投げ出されてしまった自分が、この腕に呼び戻された気持ちがしていた。

「泣かないで。可愛いね」

彼が言いながら、透里の右頬に口づける。反対側にも。額にも。そうしてあやされて、面《おも》映《は》ゆいけれど温かい湯に浸ったような安心感が湧いてきた。

「気持ちよすぎて怖かった？」

その想いを見越したのか彼が問う。透里は頭を前に倒した。

「もう怖くない？」

またも頑是《がんぜ》ない子供のように首を動かす。パンダさんはこちらの背中を撫でてから、そっと離れていこうとする。透里はとっさにしがみついた。

「透里くん？」

今夜はこのひとから離れたくない。

「行かないで」

「それはちょっと……まずいんだが」

「どうしてですか」

どこかに行ってほしくない。今夜はずっとこのひとと一緒にいたい。

「このまま俺がここにいると、きみを丸ごと食べてしまうよ」

「それでもいいです」

「いいって、それはよくないだろう」

「でも」

べそを掻いて上目遣いに彼を見たら、相手はぐっと喉を鳴らした。

「透里くん」

「はい」

「本当に食べてしまうよ」

「はい」

「本当の本当にわかってる？」

念押しされて透里は少し不安になった。このあとになにがあるのかじつは理解できていない。

「わかっているとは言えませんが」

だけど、透里はなにがあっても彼と一緒にいたいのだ。

「どーんと当たって砕けろです」

思いきってそう言うと、彼は「う」と絶句した。

それから苦笑と透里への愛しさを半々に浮かべながら、

「砕かないように努力する」

そうして彼は透里の身体を横抱きにかかえあげると、大股に寝室へと向かっていった。

苦しい。気持ちいい。怖い。癒される。その繰り返しがどのくらいつづいただろう。喘ぐ声はかすれていて、全身が汗とそれ以外のもので湿り気を帯びていた。

透里はいま、ベッドの上で四肢をつき、男のほうに尻を差し出した格好でいる。身体が小刻みに揺れているのは、あらぬところに挿入された指が出入りしているからだ。

「あ……ふぅっ……あ、ん」

入れて、回して、少し引いて、また突き入れる。その合間に粘性のなにかを足されて、透里のそこは男が指を動かすたびに恥ずかしい水音を立てている。

「も……も、いい……っ」

シーツを摑んで、透里はあえかな声を洩らす。男にさんざん吸われた乳首は赤くなり、彼が上体を斜めに傾け、もういっぽうの腕を伸ばして尖りを摘まめば、じんと沁みとおる快感が生まれてくる。

「ああ……っ」

それと同時に、擦られ、しゃぶられて、一回は果てたそこが、またも兆してくるのを感じた。

「それ……また……や、あっ」

下腹で渦巻くものが透里の身をよじらせる。知らず尻をもじつかせると、男の指を大きく動かせることになり、さらに快感が大きくなった。

「だめっ……パンダさん……っ」

どこもかしこも火が点《つ》いたみたいに熱い。さわって、鎮めて、彼になんとかしてほしい。

「い……達きそう……っ」

「まだ駄目だよ」

言って、彼が透里の軸を握りこむ。

「あっ、やだっ……」

擦られないままきつく握っていられるだけなのはつらすぎる。

刺激が欲しくて、みずから腰を前後に振ったら、指を咥えこんでいる後ろがくちゅくちゅと音を立てた。

「う、やぁ……っ」

圧迫感がさらに強くなったから、きっと指を増やされたのだ。それとも内部に入れた指をひらかれたのか。どちらともつかないまま、強い感覚に身体を震わす。

「痛い？」

透里は四つん這いの姿勢のまま、首を横に何度か振った。

痛みはない。ただ、強すぎる感覚が空恐ろしい。

先刻にそうしたみたいに射精すれば、いっときは楽になるのか。

理性とは違うところの考えで、透里はふたたび男に頼んだ。

「んんっ……い、達かせて、くださいっ」

「達きたいの？」

「は、はいっ」

「じゃあね」

男が言うなり、指を引き抜いていく。ゆっくりした仕草だったが、硬いものが粘膜を擦っていく感触に透里はちいさく悲鳴をあげた。

「ひ、あっ」

すべてを抜き去ってから、彼は透里を仰向けに寝転がした。

シーツを背に横たわる透里の肢体を膝でまたいで、見下ろす男の双眸《そうぼう》は深い青色をたたえている。透里を呑みこみ、引きずりこんで、もみくちゃにしてしまう深い海。

「俺のこれで達かせてもいい？」

透里は思わず息を呑んだ。

彼の性器は透里のそれとは大きさが違っている。猛々《たけだけ》しい雄のしるしを見せつけられて、透里は反射でおびえてしまう。

頰を強張らせたのだろうこちらを眺めて、彼はほとんどささやくように「逃げるならいまだよ」と言ってきた。

「僕、は」

やめるのはなしだなんて言っておいて、そんなことをいまさら聞くのか。自分はとっくにぐずぐずにされているのに。

こんなところで逃がそうなんて、かえってひどい。

透里はこのやさしくてひどい男にみずから両手を差し伸べた。

「来てください」

きっぱり言い切ると、彼の表情がやわらかくなる。

「きみは可愛いだけじゃなく、潔くて格好いいね」

と、それからふいに端正なその顔を怖いほどに引き締める。

「ここから先はきみを思いやれそうにない。やめてほしかったら、俺を殴って」

言いざま、両手で透里の腿をそれぞれ摑み、大きく左右にひらかせると、おのれの身を進めてきた。

「あ。あ……あ、ぅ……っ」

指でならされていたとはいえ、彼のものは大きくて、透里のそこを限界まで押し広げる。

苦しくて、彼の腕を摑んだら「息をして」とうながされた。

「呼吸して。大きく、そう」

言われるままに頑張れば、少し身体の力が抜けたか、彼のものがさらに食い入る。

怖くてまた息を詰めれば、さきほどとおなじことをするよう言われ、懸命にそれにしたがう。

「いい子だ。もう少し……ほら、全部入った」

何度目かの試みのあと、彼が息をついて言う。がちがちの身体では入れるほうも苦しいのか、彼は眉根を寄せていた。

「きみが慣れるまで動かないから」

腿を摑んでいた手を離し、彼が頰を撫でてくる。それから透里の手を取ってその内側に口づけた。

「ひとつになったね」

「僕が……あなたと？」

「うん」

「パンダさん……」

うれしくて、彼が愛しくてしかたない。

幻ではなく彼はいる。自分の内部で脈打っている。

夢のような……でも、これこそが現実だ。

「あ」

突然、彼が両眉を撥ねあげる。

「なかが変わった」

彼を収めている場所が、このときとろりとやわらいだのを自分も感じる。

「俺を歓迎してくれてるよ」

けれどもそれを指摘されるとものすごく恥ずかしい。

「馬鹿……」

思わずそんなつぶやきを洩らしたら、いきなり彼が大きなかたまりを呑みこんだかの顔をした。

「いまのは刺さった」

ややあって、唾を呑んでから彼が言う。

「え？」

「悪い。いまからは手加減なしで」

そうして彼がやおら透里の腿を摑み直して、おのれの腰を入れてくる。

「あっ、え……あ、あっ」

突然の猛攻に透里は目を回したけれど、彼の動きはとまらなかった。

「前からして、ごめんね。きみの、その、顔が見たかったから」

ひと突きごとに切れる台詞を聞かされても、もはや透里にはなんのことかわからない。

自分の内部に入りこみ、突き刺し、捏ね回すその動きに、そして最初はちいさく芽生え、次第に大きな奔流となり自分を巻き取り押し流していくその感覚に翻弄されているだけだ。

「ふあっ、あっ、ああ……んっ」

もう怖くない。彼とひとつになって、おなじ感覚を追いかけられることがうれしい。

自分はいま、生きている。彼と一緒に生きている。

「パンダさん……っ、パンダさんっ……」

「透里くん」

「好き、です……っ……あなたが、好き」

速い呼吸の合間から透里は声を絞り出した。胸の上に滴《したた》るのは彼の汗。それが赤い尖りに当たって、透里の身体を震わせる。

気持ちいい。すごくいい。自分の内部を彼のそれで擦られ掻き回されるのも。ふたたび兆した自分の軸を男の指でしごかれるのも。

身を屈めてきた彼が透里の耳に、少し切羽詰《せっぱつ》まった口調で「好きだ」とささやいたその刹那。

「あ、ああ……っ」

透里の背中が反らされて、こらえていた快感がほとばしる。

いままでにおぼえのないすさまじい快感に、透里の肉体がおののきながらも歓喜する。

ああ本当にこの身体は彼につくり変えられた。

自分はもう美しく儚い幻を見はしない。

彼を知る前の自分とはまた違う新しい生きものがここにいる。

「っ、透里くん」

内部に広がる熱いほとばしりを感じながら透里はみずから手を伸ばし、自分がうつつに求める姿をしっかりと抱き締めた。


明け方ベッドで目覚めた透里は白い天井をぼんやり見あげる。

パンダさんと透里が結ばれたあの夜から二カ月。彼のこの広いベッドで寝ることにも慣れてきた。

透里は結局マンションの部屋に戻ることはなく、パンダさんの家にあのまま住んでいる。

パンダさんと透里の叔父とのあいだでなんらかの話し合いがもたれたようだが、その内容を透里は知らない。

ただ、身内の情を見せるようになった叔父は思いがけず心配性なところがあって、透里をしばしば微笑ませる場面がある。

——甲斐谷くんはそりゃしっかりした人物だと思うけれどね。喧嘩をしたり、嫌なことがあったりしたら、いつでもこの家に戻ってきていいんだよ。なんといったって、ここはおまえの両親の家なんだから。それ以外でも困ったことがあるようなら、いつでもわたしを頼ってきなさい。

将来のことについては透里の不利益にならないように図るとも言ってくれたが、自分としては叔父に頼らずいずれ自身の進む道を決めようと思っている。

それまでは学校での勉強を精いっぱい頑張るつもりだ。

そしてその大学についてだが、濱田はあれきり姿を見せず、噂では退学届を出したあと、海外に行ったらしい。

セジュンに聞けば――馬鹿坊ちゃんの尻拭いで親御さんも大変ですねえ。海外留学は口実で、なんでも地方で精神療養をさせるんだそうですよ。まあ当分は帰ってこられないんじゃないですか――ということだった。

「……透里くん。もう起きたのかい」

このとき横からまだ眠そうな男の声が聞こえてきた。

透里は一度目をつぶり、それからそちらのほうを向く。

自分の視野に入るのは、ぷうぷう眠る子パンダではなく、少しばかり髪が乱れた男の寝姿。

昨晩は愛し合ったあと、ふたりして眠ってしまってまだお互いに裸のままだ。

「今日は休みだよ。もう少し眠っていよう」

口のなかでそんなことを彼はつぶやく。

透里は笑って「駄目です」と彼に言った。

「約束したじゃないですか。この休みにはふたりで信州のワイナリーに行こうって」

こうして彼に声をかけられるのがうれしい。遠慮なく彼に触れられるのがうれしい。

もはや幻は顕れないかもしれないが、いまの透里にはそれより大切なものがある。

「起きてください。僕が朝食をつくりますから」

「うん、わかったよ……でもその前に」

こちらに伸ばされた彼の腕に捕らえられ、引き寄せられて裸の胸に転がりこむ。

透里がなにか言う前に甘いまなざしが注がれて、それより甘いキスに唇を塞がれた。

eternal wish

両親の一周忌も無事に終わり、大学が春休みになってから、佐久良透里《さくらとおり》はアルバイトをふたたびはじめた。

今度のそれも添い寝のときとおなじように人材斡旋《あっせん》業者のセジュンがもたらしてくれたものだ。

――ワインの勉強はまだつづけているんでしょう。だったらこんなのはどうですか?

勧められた内容を耳にして、透里はしかしためらった。

ワインショップの販売員。しかも店内にはイートインのコーナーもあるという。店の場所こそ繁華街から離れていて、常連客がほとんどらしいが、そもそも接客業が自分に務まるものなのか。

けれどもセジュンはかろやかな口ぶりで、透里の逡巡《しゅんじゅん》を流してしまった。

――平気だと思いますよ。添い寝のバイトも接客業だったでしょう。

それにと彼は言葉を足した。

――あなたは人間に興味があるし、好きですからねえ。

その台詞《せりふ》には意表を突かれた。

他人とのコミュニケーションは不得手という自覚があるし、いままでの周りの評価もそれとたがわぬものだったから。

——嫌なら断るのもありですよ。だけど、その店がどんなものか見てからでもいいのでは。断るのも受けるのも自分次第。それで気分が楽になり、店そのものにも興味が湧いた。

だから透里はセジュンに聞いた場所に行き、そこの店主の質問に応じているうち、とんと拍子に話が進み、結果としてその翌日からバイトに入ることになった。

思わぬ成り行きではあったけれど、誰に強制されてもいない。これは確かに自分の意志だ。

たぶんこの店が不思議に落ち着く空間であったのが理由のひとつ。初めて来たとは思えないほどここの空気がしっくりくる。

それに店内に並べて置かれたワインボトルの数々は透里が眺めているだけで無性に心を弾ませる。これがふたつめの理由であって、最後のそれはここの店主に由来する。

青いシャツに黒い蝶《ちょう》ネクタイ、ボトムはおなじ黒い色。その上から同色のエプロンをかけた男は、銀髪に青い眸《ひとみ》の持ち主で、年齢はかなり上だと思うのだが、それを超越した雰囲気を纏《まと》っていた。

「いらっしゃいませ」

入り口に客の気配を感じて、透里はそちらに声をかける。大きな通りから少し入った小道に面したこの店を訪れるのは、セジュンが前もって言ったとおりに常連客がほとんどだ。けれどもいま店の前にいるひとはそうではなく、しかし透里がよく知っている男だった。

（パンダさん）

「やあ、こんにちは」

店内に入ったところで笑顔を見せるこのひとは甲斐谷謙《かいたにけん》。主にスペインワインを扱っている商事会社の社長で、上質のスーツを身に着けた彼の姿は今日も惚《ほ》れ惚《ぼ》れするくらい格好いい。

「店員さん。よかったらこの店のお勧めを俺に教えてくれませんか」

彼を眺めて声もなくしばし突っ立ったままでいたら、そんなふうに問いかけられる。透里はまばたきしたあとで、あわてて言うべき台詞を探した。

「あ。その……どうぞこちらに」

この店は量販のワインよりも店主が選んで仕入れたもののほうが多い。そのなかでもコスパのいいお勧めワインは店の中央の棚に並べられていた。

「白ワインで、華やかなアロマが感じられるものがいい。疲れて帰ってきた恋人と一緒に飲もうと思っているから」

「え、っと。でしたら、これなどはいかがでしょうか」

透里が仕草で示したのは、日常使いにできる価格のワインだった。

「産地は南アフリカですが、ロバートソン地区の特別に選ばれた生産者から仕入れたものです。蜂蜜《はちみつ》やバラの香りがして、やや甘口なのでこのワインだけでも美味《おい》しくいただけると思います」

「ありがとう。じゃあそれにするよ」

パンダさんが棚のワインを取り出して透里に手渡す。それを受け取って、レジのところでワインの包装を済ませると、商品と引き換えに代金を彼からもらった。

「ありがとうございました」

「うん。こちらこそ。お陰で今晩の楽しみがひとつ増えたよ」

にこりと笑って、スーツ姿がよく似合う透里の恋人が踵《きびす》を返す。後ろ姿もさまになる長身の男を見送ってから、思わず透里は息をついた。

(今日は店に来るんだって聞いていたけど)

心づもりはあったけれど、やはり実際に彼を客として迎えるとものすごく緊張した。

透里がバイトをはじめて半月。パンダさんは自分がこの店の仕事に多少は慣れた頃合いを見計らってここに来てくれたのだ。

透里の叔父《おじ》が早々にここに来店したのを聞いて、内心では思うこともあっただろうに、いままで待っていてくれた。透里の大好きなあのひとは、いつも本当にやさしい気遣いを見せてくれる。

「さきほどの男性客は知り合いかい?」

パンダさんが去って間もなく、店主がそう聞いてきた。透里はあせってうなずいた。

「はい。すみません」

「なあに、あやまることなんてなにもないよ。きみの頬が綺麗《きれい》なバラ色に染まったからね。そうじゃないかと思っただけさ」

それには返答できなかった。透里が目を白黒させて棒立ちになっていたら、初老の店主がこちらにウインクしてみせる。

「さっきのワイン。きみのチョイスはよかったよ。説明もしっかりとできていた」

「あ、ありがとうございます」

「うん。その調子でね」

店主が鷹揚《おうよう》にうなずいたとき、店に次の客が来る。今度は馴染《なじ》みの女性客で、まっすぐ店主に向かっていくと、今日の用向きを話しはじめた。透里はそっとそこから離れ、イートインスペースのところに行ってワイングラスを磨こうかと思ったときだ。

「あ。いらっしゃいませ」

入り口に誰かが立った。反射で透里は声をかけたが、その人影は中に入ってくる様子がない。透里は訝《いぶか》しくそちらを見やり、驚きに目を見ひらいた。

「酒井《さかい》……？」

思いがけない人物だった。透里と濱田《はまだ》が幼稚舎から高校を卒業するまで、互いに友人という立ち位置にいた相手。そして、大学からはすっかり縁遠くなってしまった男だった。

酒井は目を丸くした透里が近づいてくるのを待って、ちいさな声で話しかける。

「ここのバイト、いつ終わる？」

「えと。今日は九時までの予定だけど」

「じゃあその時間にもう一度ここに来る」

それだけ言い置くと、彼は店には入らないまま透里から離れていく。その表情はひどく硬く、なにか怒っているふうにも感じられた。

なぜだろうと思ったが、透里にはそのわけを知ることがむずかしい。濱田とおなじく酒井は透里の友人であったけれど、彼は濱田と違ってつねにある程度の距離を開けて透里に接していたからだ。透里の内面には踏みこまず、自分もこみいった打ち明け話などいっさいしない。

それでも高校三年生になるまではほどほど親しい関係を保っていたが、酒井が他県の大学を受験するとふたりに告げて、そのあとはほとんど会うことも話す機会もなくなった。酒井とはクラスも違うし、受験勉強が忙しいと言われれば、こちらからは連絡しにくい。結局彼とはまともに話をすることがないままに卒業を迎えて、それきりになっていたのだ。

そんな酒井がなぜか突然この場所に現れた。

理由はいったいなんだろう。そもそもどうしてこの店で自分がバイトをしていると知ったのか。

店内で働きつつも、内心ではそんな思いが何度となくよぎったけれど、酒井がなんのためにここに来たのか見当すらつかないうちに、本日のバイトあがりの時刻になった。

「お先に失礼します」

「ああ。ご苦労さま」

透里は店主に挨拶すると、控え室に置いていたバッグを持ってそこを出る。と、店の前の小道に立ってあたりの様子を眺めてみたが、目指す相手の姿はなかった。

都合が悪くなったのだろうか。

また明日にでも来てくれる？　それともこっちからメールなり電話なりしたほうがいい？　以前の番号で繋《つな》がるかわからないが、いまから試しに……と思っていたら、ふいに背後から声がした。

「佐久良」

「っ、わぁ」

盛大に肩を撥《は》ねあげ、しばし固まってのち振り向くと、なにやら微妙な顔をした酒井がいる。

「おまえ。相変わらずだな」

「え。えっと、そう？」

「店を出たあと、そこでぼうっと立ったままだろ。それで、こっちから声をかけたら、驚かされた猫みたいに飛びあがって」

あははと笑う酒井はずいぶんと昔に見た屈託ない友人の姿だった。

彼はつかの間笑ったあと、ふっと真顔になって言う。

「どうした？」

「あ。お、驚いて」

「うん」

「怒ってはいないんだって、ほっとした」

「そう？」

「あと」

透里はひと呼吸あってから口をひらく。

「あやまろうと思ってた」

「なにを？」

「いろんなことを」

あきらめて流されるばかりだった自分自身を、しかしこの酒井は本当に長い間友達でいてくれた。

なのに離れていくのならそれもまたしかたがないと追いかけもせずにいた。彼のほうからこうして会いに来てくれるまでなにひとつしようとはしなかったのだ。

「あやまるのはこっちのほうさ」

酒井は足元に視線を落としてぼそりと言った。

「俺はおまえから逃げたからな」

下を見たまま酒井は話をつづける。

「俺は知ってたんだ。おまえがなにかつらいことを呑《の》みこんだまま生きているのも。おまえのその見た目やら、謎めいた雰囲気やらで、濱田が無茶苦茶に執着しまくっていることも。言葉にも態度にも出さないけれど、おまえが心の奥底では助けを求めていることも。それがわかってて、だけどうわべだけのつき合いしかできなくて、最後には重たくなって逃げちまった」

「酒井……」

「濱田がなにをやらかしたか、セジュンってひとから聞いたよ。あいつだったらそうなったかと、そっちは驚きゃしなかったけど、おまえのことは気になった」

だから、そのあとなにをしてるか聞いたんだと酒井は言う。

「それでこの店を教えてもらって。だけどなあ、遠目から見るだけで帰ろうと思ってた。さすがに『やあやあ』となんでもなかった顔をして出ていく気にはなれなくってさ」

「酒井。僕は」

そのあとがつづかずに透里は声をうしなった。

透里の友人はうつむいたまま「あー」と声を絞り出すと、いきおいよく姿勢を戻した。

「馬鹿だろ、俺」

なんともつかない表情でそう言うと、困ったふうに頭を掻《か》く。

「ぐだぐだ考えてばっかりで、行こうか行くまいかさんざん迷って。そんで、見るだけと自分に言い訳しながら来てさ。この店でのおまえを見て唖然《あぜん》とした」

だって、想像していたのとぜんぜん違ったんだから。酒井は苦笑しつつそう告げる。

「おまえはすっごく緊張してて、けど、なんかほんとに一生懸命だった。それに背の高いスーツのひとが店に入って、おまえがワインを勧めているところを見てびっくりした。相手がしゃべりかけるたびに、ものすごくうれしそうで。そこだけ空気がべつっていうか、おまえがキラキラ輝いてる感じだった」

それは、パンダさんがワインを買いに来てくれたときのことか。

そんなふうに見えていたとは知らないで、ますます透里はなんと言っていいのかがわからない。返答に困っていたら、酒井は自分の首のうしろに手をやって言葉を投げる。

「俺がしょうもないとこで引っかかっているうちに、おまえはずいぶん変わったんだ。きっといろんなことがあって、それでも頑張って乗り越えたんだ。それが見ていてわかってさ」

ごめんな、と酒井が言う。透里もまたおなじ台詞を彼に返した。

「僕のほうこそごめんなさい。逃げていたのは僕もおなじで。自分のことばかりじゃなくて、もっとこっちから歩み寄ればよかったのに」

「いや。そのあたりは俺が悪くて」

「ううん。僕が」

言ってから、しばし顔を見合わせると、ふたりして頬を緩める。

「なんかなあ……どっちもだよな」

酒井がつぶやいた。

「いまさらってことでいいか？」

「うん。だけど」

「だけど？」

透里はこくんと唾《つば》を呑んでから切り出した。

「きみにメールしてもいい？　もしよかったら。ときどきは」

酒井は目を瞠《みは》ったあと、大きくうなずく。

「ああ。もちろん」

ありがとな、と照れたように告げてくる酒井と別れてのち、透里は背筋をまっすぐ伸ばして夜空を見あげた。

この世の中に変わらないものなどない。生きていれば、なにもかもが変わっていく。いいことも。悪いことも。

それはたぶん日々に生じる出来事だけのことではなくて、自分の気持ちも、他者の心のありようも、つねに変化していくのだろう。

だけど……と透里は前方に視線を向けて歩きはじめる。

いまはなによりも自分の心が求めてやまないあのひとに会いたかった。


「それでまた連絡を取り合うことにしたんだね」

透里が住まわせてもらっているパンダさんの家に帰って、今晩起きた出来事を伝えたら、彼がよかったねと笑いかける。

今日の彼はめずらしく早帰りで、透里が戻ったそのときにはすでに風呂あがりの部屋着姿になっていた。

「だったらこれはうれしいことがあったという想い出のワインになるかな」

彼がグラスを掲げて言う。

ふたりがいるリビングのローテーブルには冷やしたワインと、つまみになるカナッペが置かれていて、これも透里をねぎらうために彼が用意してくれたのだ。

透里は自分のグラスを傾け、涼やかなその喉越しと広がる香りと感じ取った。

「パンダさん、これ美味しいです。まるで目の前いっぱいに咲いている花畑にいるような気がします」

「ほんとだね。さすがはきみの勧めだけある」

「僕のじゃなくて、店のセレクトですけれど」

「だとしても、その中から俺のためにきみが選んでくれたものだ」

だからとりわけ旨《うま》く感じる。パンダさんはそう言って、透里の頬にキスをする。

「あ……」

とたん、胸にさざ波が立ち、透里の身体《からだ》がちいさく震える。

「きみのここに色が増した」

彼が透里の頬を撫《な》でて告げてくる。

「もっと、あちこちきみに色をつけていい？」

ささやく声音がぞくぞくするほど色っぽくて、透里はそれだけで頭が痺《しび》れそうになる。

「パンダさん……」

「ベッドに行こうか。今夜はたっぷりときみを溶かして可愛がりたい」

そんなことをささやかれて、透里は目眩《めまい》が起きそうだ。

手を取られて立ちあがり、寝室に行きつくまでに彼から何度もキスされて、透里はすでに腰が抜ける寸前だった。

「ふ……ん、んっ……」

唇を重ねながらベッドの上に押し倒されて、巧みな指に服を脱がされていく。

店で着ていた青いシャツから替えていたパーカは、透里がぼうっとしているうちに男の手で取り去られ、露《あらわ》になった白い胸を彼の眼前に晒《さら》してしまった。

「あ……や……っ」

まだ触られもしないうちからぷつんと尖《とが》った胸のそれが恥ずかしい。見ないでと身をよじったら、彼が唇だけで笑む。

「誘ってる？」

「ち、ちが……」

熱を帯びた視線も声音も甘いのに、そのすぐ下には激しいものが渦巻いている。

こちらをどろどろに溶かそうとする激烈な男の欲。

透里は彼の身体の下でそれを如実に感じてしまい、少し怖くて、なのに期待に心を震わせている自分がいるのも本当だった。

「だけど、ほら」

「あっ、あぅ」

指先でかるく尖りを押されただけで変な声が喉から洩《も》れる。あせって口を手で押さえたら
「駄目だよ」と手首を取って剝《は》がされた。

「いつも言っているだろう。声は我慢しないって」

「で、でも」

「気になるなら、こうしていてあげるから」

言うなりキスで唇を塞がれる。

すぐに入りこんできた男の舌に口腔内《こうこう》を思うさま掻き回され舐《な》められて、やがて誘い出された透里の舌は彼の健康な白い歯に挟まれるや、強く圧をかけられる。

「……ん、くっ」

一瞬の痛みさえ快感に変わってしまう自分の身体は、もう本当に彼に飼い馴《な》らされている。敏感な胸の尖りを右も左も代わる代わる刺激され、ひりひりしてつらいのに、そこから生じた感覚は透里のあちこちに火を点《つ》ける。

「う……む、う……っ」

身体中が熱いけれど、ことに乳首と下腹の中心がじんじんしている。じっとしていられないほどその痺《しび》れは大きくて、透里は身悶《みもだ》え、彼の二の腕を何度か叩いて訴えた。

「あふ……あ……パンダ、さん……」

それに気づいてようやく唇を離してくれた男のほうにすがる目を向けながら願いを発する。

「そこ……あの、なんとかしてっ……ください」

「そこって、ここ？」

「あん……っ」

透里より硬くて長い男の指が、腫《は》れて赤くなっている右の尖りを摘まみあげた。

「それとも、こっち？」

彼がボトムの上からそっと股間を撫でてくる。腰をびくつかせたあと、透里はこくこくとうなずいた。

「脱がせてほしい？」

「は、はいっ」

「きみのそこを直接触って、達《い》かせてほしい？」

恥ずかしいけれど、そうしてほしい欲求にはかなわなくて、透里はまたもうなずいた。

すると、彼は透里の耳たぶを齧《かじ》ってから、ささやき声を耳孔《じこう》に注ぐ。

「じゃあ、そのあとはきみが俺を気持ちよくしてくれる？」

いつもよりたくさんするから。

問いではなく告げられて、透里は真っ赤になりながら、それでもわななく唇で「はい……」とつぶやいたのだった。


「と、溶ける……っ、とける、からっ……」

シーツを背に仰向《あおむ》けになった姿勢で、透里は頭を左右に振った。身悶えるほど快感がつのっているのに、腰は自由に動かせない。

一糸纏わぬ透里の肌は覆いかぶさる男の下ですでに汗が滲《にじ》んでいる。ばかりか、身体の中心はそれ以外の体液にしとどに濡《ぬ》らされていた。

「パンダさん……っ、あ、や、そこ……っ」

両脚を大きくひらいた体勢で透里はせつない声を洩らした。股のあいだに伏せられた男の顔は、そこで淫靡《いんび》な動きをしている。

「ひぅ……も、だめ……」

根元を締めつけられたまま延々と性器を舐められ、しゃぶられ、甘噛《あまが》みされて、まだ経験の浅い透里はもはやこれが快感なのかもわからなくなっている。

軸の先からはたらたらと恥ずかしい液がこぼれ、それが腿《もも》の付け根まで垂れていき、膨らみの奥にある秘めやかな場所にまでいたっていた。

いやらしい水音を立てているのが二カ所なのはそのせいで、普段はつつましく閉じている透里のそこは男の指でひらかれ、掻き回され、ほぐされて、彼の訪れを待ちわびる器に成り変わろうとしている。

「やだ……も……くるし……」

自分がなにを言っているのか気づかないまま声をこぼせば、相手の動きがふいに止まる。

「もう達きたい?」

透里の軸から唇をひととき離して彼が問う。透里は無意識に首を横に振り立てた。

「ちが……ちが、う……っ」

「うん?」

「そこ……きて、ほしい……っ」

指だけではもの足りないのだ。もっと大きな熱いもので、自分のなかをいっぱいにしてほしい。

「だめ……? まだ、よく、できない……?」

不慣れで未熟なこの身体では彼を満足させられないのか。

不安で、つらくて、じれったくて、透里はおぼえず涙目になりながら問いかける。と、彼が歯を食いしばるかたちに顎まわりを硬くする。

「……透里くん」

「気持ちいい……がんばって、するから……」

だから、ここに来てほしい。

霞《かす》む視野で彼のほうへと両手を伸ばす。

その直後、彼の手がこちらに動き、指を絡《から》めてしっかりと握られた。

「可愛い。好きだ。透里くん」

真剣な彼の声音は逼迫《ひっぱく》した響きもあって、彼もまた余裕がないのだとそれで知れる。

「あなたも……ほし……?」

自分とおなじくこのひとも自分を欲しがってくれたらいい。

その願いをこめて問いかければ、すぐにも望みが叶《かな》えられる。

「ああ。欲しい。きみが欲しくてたまらない」

「パンダさん……」

入ってきてと透里は目で訴える。パンダさんは握っていたこちらの手を自分のほうに引き寄せると、言葉で背中に回すようにつたえてきた。

「そう。そうやってしっかりとつかまってて」

そうしてあらためて透里の細い両腿をひらかせると、その中心におのれの腰をあてがってくる。

「あ……っ」

「息は詰めないで。口を開けてて……うん、いい子だ」

パンダさんは透里の頬にキスをして、ゆっくりと、しかし躊躇《ちゅうちょ》なく自分がほぐした狭いところに猛《たけ》る欲望を挿《さ》し入れていく。

充分に蕩《とろ》かされているけれど、やはり大きな男のものは受け入れるには少しきつくて、無意識に上体がずりあがる。

「逃げないで。俺を迎えて」

頼むよと甘い声でささやかれ、透里の身体がふわんと緩む。

「……んっ……パンダさ……好き……っ」

「うん、俺も。大好きだよ、透里くん」

やさしいキスが頬と唇に降ってくる。

甘い言葉と口づけで透里の心身をほだしながら、彼は少しずつ自分の欲望をその内部へと進めていった。

ちょっと挿し入れては馴染《なじ》ませ、大丈夫と見て取ればさらに奥へと。

やがて充溢《じゅういつ》した男のものは濡れて柔らかな肉襞《にくひだ》にそのすべてがつつまれた。

「入ったよ。でもまだちょっときつそうだね。もうしばらくこのままいようか」

こちらの様子を探りながら彼が言う。

そのとおりにこれ以上はないくらい身体のなかがいっぱいで、なのになぜかそれだけではせつなく感じる。

「あ。こら透里くん。そういうことを」

叱る口調で気がついた。いつの間にか自分のそこが男の性器を締めつける動きをしたのだ。

「だ、て……止まらな……くて」

自分の内部が悦《よろこ》んでいる。彼がここにいることが。命の脈動を確かにつたえてくれることが真実うれしくてならないのだと。

「きもち、い……んっ……パンダさん、は……？」

返事はなかった。代わりに透里が目にしたのは激しい欲望にぎらつく男のまなざしだ。

「あっ、や。ん、あっ、ああっ」

そのあと強い揺さぶりがやってくる。

猛烈な突きあげと、きつい抱擁と、舌を絡ませる深い口づけ。それらを交互、あるいは同時に浴びせかけられ、透里は朦朧《もうろう》としてくるまで喘《あえ》ぐしかない。

いつの間に抱きあげられて、彼を身の内に入れたままその膝に座らされたか。

男を深く食《は》まされた体勢で腰をくねらせ上下に揺れるみだらなダンスを踊ったのか。

喘ぎつつも睦言《むつごと》をくり返し、あとで思い返したときに恥ずかしくてたまらなくなる卑猥《ひわい》な台詞を口走ったか。

それらは意識の上から飛んで、透里はともかくたっぷりと男の愛情と欲望とに頭からつまさきまで浸されつづけていたのだった。


たぶんそのあと見た光景は夢の出来事だったのだろう。

気づけば透里はどこか知らない場所にいた。

室内は暴風が過ぎ去ったあとのように散らかっていて、家具は倒れ、そのなかに収まっていたいろんなものが床にぶちまけられていた。

ガラスが割れた窓にかかるカーテンは透里が見たことのない模様と色だ。

凄《すさ》まじく荒れた景色のただなかで、茫然《ぼうぜん》としていた透里は自分の額《ひたい》からなにか生温かい感触がつたうのを感じていた。

（……はどこだろう）

自失から戻ってきて、まず考えたのはそれだった。

自分はどうしてもあのひとがどうなったのか知らねばならない。いてもたってもいられずに、透里は床に散乱しているあれこれを踏みながら急いで扉に向かおうとしたときだ。

「透里……！」

閉まった扉の向こう側から男の叫び声がする。ドアノブが何度も回され、しかしひらく気配がないのは枠そのものが歪《ゆが》んだからか。

「待っていろ。いまそこを開けるから」

そうして、男は扉に体当たりしたのだろうか、それともなにかをぶつけたのか、大きな音と衝撃が来る。それが幾度かくり返されて、軋《きし》む扉が強引にひらかれた。

肩で息をつく男の姿を見た瞬間、透里は無我夢中でそちらに駆け寄り——そこでいきなり目が覚めた。

「……夢」

そうとわかって、けれども心臓は早鐘を打っている。額に冷たい汗を滲ませ、無意識に隣を探れば、その手がしっかりと握られる。

「どうしたの？」

おだやかでやさしい声音は、透里の耳に馴染んだものだ。

ほうっとため息を洩らしながら、全裸の透里はおなじく裸の男のほうに寝返った。

「夢を」

抱き寄せられ、腕の囲いにつつまれて、安堵《あんど》の想いが湧いてくる。男の身体の温かさに癒されて、なんとかそれだけ訴えた。

「怖い夢だった？」

「はい。でも」

あなたが来てくれてよかった。

そう言いかけて、口をつぐんだ。

あれは夢だ。それだけのものにすぎない。

「……なんでもないです」

「そう？」

彼はやはり静かに応じ、それから「飲み物でも淹《い》れてこようね」と身を起こす。

「なんであれ、あの扉がひらいてよかった」

その言葉を理解した瞬間。透里は愕然《がくぜん》と目を瞠る。

それから自分も身を起こすと、彼の身体にすがりついた。

「夢だよ、大丈夫。ただの夢だ」

大きくてあたたかい手が何度も背中を撫でてくる。そのあとこうも透里の耳に。

「なにがあっても俺はきみを愛しているし、ずっときみの傍《そば》にいるから」

高ぶることのない彼の調子は、しかしそれだけによりいっそうその言葉が真実とわからせる。

変わっていくこと。変わっていくもの。

いやおうなく過ぎていく時の流れがたとえどんなに変化を生じさせたとしても、そのことだけは変わらずにそこにあると。

「僕も、あなたを愛しています」

自分の唯一《ゆいいつ》。おのれよりも大切なひと。

絶対不変の真実なんて、あるいはないのかもしれないけれど、いまの自分の本当はここにある。

「どんなに長い時が経《た》っても、たとえなにがあったとしても、僕はあなたと一緒にいます」

ずっとずっとそのことを願っていく。

決して変わらない心のままに、このひとをいつまでも愛しつづけて。

あとがき

はじめまして。こんにちは。今城けいです。「溺愛社長と添い寝じゃ終われない」をお手に取ってくださりありがとうございました。

今回のお話は少しばかり不思議な子を主人公にしてみよう。相手役は包容力のあるタイプがいいかなあとプロットを考えたのが春先で、まだこれほどに新型ウイルスが猛威をふるうとは思っておりませんでした。

この物語を書きあげたいま、現代社会の生活様式はさまざまに変化しました。けれども愛するひとと触れ合いたい、繫がりたいという気持ちはきっと不変だと思います。これからもそうした想いを基に、恋愛の迷いや悩み、抑えても抑えきれず高まる熱情を書いていきたいと願っている次第です。

イラストを担当してくださいました六芦かえでさま。このたびは本当にありがとうございました。表紙はことに素晴らしく、美しく繊細な仕上がりにうっとりしました。それにパンダ。こちらはずいぶんと力を入れてくださったと聞きまして、恐縮しつつもとてもうれしく感じました。

そして担当さま。今回も大変お世話になりました。プロットから本稿の見直しまで、適切なご指摘をたまわり、とても参考になりました。こうやって無事書籍になりましたのもひとえに担当さまのお力添えがあればこそ。本当にありがとうございました。

最後になりましたが読者さまにも感謝を。

書籍離れと言われてひさしい昨今ですが、こうして拙作をお読みくださる方々のお陰で、今城はお話書きをここまでつづけてこられました。こののちもさらに精進してもっとよりよい物語を書きつづけていられたら。そんなふうに願っております。

二〇二一年とは、ずいぶん未来に来たものだなあと思いますが、それでもきっと人々の想いの根幹は変わらないかもしれない。

いつだって本当に大切なものや想いは、私やあなたの胸のなかにきちんとおさめられている。

そんなことを考えながら、また新しい一年を過ごしていきたいと思っています。

どうぞ皆さまも素敵な一年をお過ごしください。

心からの感謝をこめて　今城けい

✦初出　溺愛社長と添い寝じゃ終われない……………書き下ろし
eternal wish ………………………………………書き下ろし

今城けい先生、六芦かえで先生へのお便り、本作品に関するご意見、ご感想などは
〒151-0051 東京都渋谷区千駄ヶ谷 4-9-7
幻冬舎コミックス　ルチル文庫「溺愛社長と添い寝じゃ終われない」係まで。

幻冬舎ルチル文庫

溺愛社長と添い寝じゃ終われない

2021年1月20日　　第1刷発行

✦著者	今城けい　いまじょう けい
✦発行人	石原正康
✦発行元	株式会社 幻冬舎コミックス 〒151-0051 東京都渋谷区千駄ヶ谷 4-9-7 電話 03(5411)6431[編集]
✦発売元	株式会社 幻冬舎 〒151-0051 東京都渋谷区千駄ヶ谷 4-9-7 電話 03(5411)6222[営業] 振替 00120-8-767643
✦印刷・製本所	中央精版印刷株式会社

✦検印廃止

ISBN978-4-344-84798-9　C0193　Printed in Japan